KB164551

죽음이 가꾼 삶

차상수 지음

FOREST
WHALE

프롤로그
죽음이 가꾼 삶

2024년 새해다. 벌써 이틀이 지났다. 나는 새해에 어디에서 살게 될까? 일자리는 구할 수 있을까? 새해가 시작되었지만, 아직 새해에 지낼 방과 일자리는 정해지지 않았다. 이제 다시 구해야 한다. 제주도교육청 사이트에 접속하여 구인란을 살펴보았다. 어제도 오늘도 찾아보았다. 아직 올라온 것이 없다. 이러는 상황에서 하루를 보내고 있는데 남편에게서 전화가 왔다. 냉장고가 고장났단다. 그래서 냉장고를 사러 간다고 한다.

"집에 안 와? 서울에 언제 올라올 거야?"

남편은 내가 서울집에 언제 올 거냐고 묻는다. 집을 떠난 지 어느덧 6년째다. 나도 내가 이렇게 긴 시간, 집을 떠나 있을지 상상도 못 했다.

"때가 되면 가지." 나는 남편에게 담담한 목소리로 말했다. 그러고는 카톡으로 다시 메시지를 남겼다. 2024년 1월에 있었던 일이다. 그 이후 예쁜 방도 구했다. 사랑스러운 초등 2학년 아이들을 가르치는 직장도 구했다. 지금은 이호테우 해수욕장 근처 원룸에서 산다. 침대에서 일어나 커튼을 젖히면 앞집 앞마당에 심어진 야자수가 보인다. 바다도 보인다. 학교 아이들은 나를 참 잘 따른다. 나는 아이들이 다가오면 폭 안아준다.

나는 폐암 수술을 한 지 6년이 되어 간다. 남편은 내가 서울에 언제 올 거냐고 해마다 물어 왔다. 그때마다 똑같은 대답을 했다. 담배를 끊고, 거실에 쌓아 둔 짐을 치우고, 술도 안 마시면 그때 들어

가겠다고. 내가 집에 들어가기를 정말 원한다면 그렇게 1년 동안 보여달라고. 이제 나 자신이 보호받지 못하는 환경에 들어가지 않을 거라고. 폐암 수술 후, 서울집을 나와 광야 생활 같은 삶을 살고 있다. 벌써 5년이 지났다. 폐암 수술을 하러 수술대에 누운 순간, 예전의 나는 죽었다고 자신에게 선포했다. 양팔을 벌리고 누웠다. 순간 예수님이 십자가에 양팔을 벌리고 달리신 모습이 떠올려졌다. 마취약이 몸에 스며들 때, 나는 죽음의 순간에 들어갔다. 수술이 끝나고 마취에서 깰 때, 예수님이 부활하신 것처럼 나도 새 생명으로 다시 살아났다.

예전 삶은 죽고 새 생명으로 다시 사는 이야기를 썼다.

나는 새 생명을 얻었다. 그전과 같은 삶을 살지 않기로 했다. 매일 매일 나와의 치열한 싸움이었다. 음식, 잠, 운동, 생각, 일…. 도전의 연속이다. 그 삶의 이야기를 글로 썼다. 2023년 12월에 독립출판으로 '살기 위해 산다.' 책을 썼다. 내가 쓴 책을 인쇄소에서 보내 주었다. 내가 쓴 종이책이다. 하지만, 인쇄를 더 하지 않았다. 나 혼자만 가지고 있었다. 다른 사람에게 보여줄 자신이 없었다. 그 후 몇 개월 동안 혼자 글쓰기 공부를 했다. 도서관에서 책을 빌려 읽기도 하고, 매일 아침저녁으로 글을 썼다. 책을 읽고 글을 쓰고를 반복했다. 그 뒷이야기를 합쳐서 새 책으로 편집했다. '죽음이 가꾼 삶'이다. 이 이야기가 누군가에게 조금이라도 힘이 되어 준다면 좋겠다. 나도 누군가의 이야기를 읽고 힘을 낸 것처럼.

그 소망을 담아 용기를 낸다.

2024년 월.

차상수

커다란 파도가 나를 덮치듯
갑자기 폐암 선고를 받았다.

나는 파도타기를 배우듯이
새 인생을 배운다.

차 례

프롤로그

죽음이 가꾼 삶 _02

1장 뒤집기

2장 홀로서기

3장 제주도로 떠나다

4장 살기 위해 살았더니

5장 한 아이가 나에게

6장 오늘이 선물이구나

에필로그

1장 뒤집기

음식 뒤집기

식습관부터 바꿨다. 학교 업무가 많아서 아침 일찍 출근하고 저녁 늦게 퇴근하던 나는 아침도 거르는 때가 많았다. 점심시간에도 맡은 업무를 하느라, 5분도 채 안 되는 시간에 급히 급식을 먹고는 뛰어다녔다. 퇴근 시간이 훌쩍 지난 것도 잊고 컴퓨터 앞에서 몇 시간 동안 앉아 있기 일쑤였다. 허기진 배를 채우느라 컵라면을 먹거나 과자를 집어 먹곤 했다. 지금, 이 모든 습관을 버렸다.

밥에는 콩, 팥, 귀리, 현미 등 잡곡을 많이 넣었다. 버섯, 마늘, 양파, 당근, 가지, 호박, 파프리카 등 다양한 야채들을 살짝 익혀 반찬으로 먹었다. 토마토, 사과, 바나나, 체리, 귤 등 다양한 과일도 먹었다. 고구마, 단호박을 에어프라이어로 구워 먹기도 하고 쪄 먹기도 했다. 닭가슴살, 생선, 전복 등도 번갈아 먹었다. 여러 가지 견과류와 우유도 먹었다.

처음에는 나를 위해 음식을 준비하는 일이 어려웠다. 익숙하지 않았기에 세끼와 간식을 챙겨 먹다 보면 어느새 하루가 다 지나가고 있었다. 수술 후, 폐가 회복되는 동안 호흡하기조차 힘들 정도로 폐 통증이 심했지만, 한 끼도 거르지 않고 꼬박꼬박 챙겨 먹었다.

그렇게 먹기 시작하고 6개월 정도 지난 어느 날, 샤워하다가 홀쭉해진 나 자신을 보고는 다른 사람처럼 느껴지며 낯설었다. 매일 두세 시간씩 걷기와 조절된 음식이 불필요한 군살도 다 없애 주었다.

수술 후, 2년이 지나고부터는 다른 사람들과 만날 때는 내 식단에서 벗어난 음식을 먹기도 한다. 가끔 어떤 날은 아침에 우유와 호밀빵으로 특별한 식사를 하기도 한다. 그렇게 먹기 시작한 지 어느새 4년이 되어간다. 오늘도 토마토와 함께 다양한 야채들, 그리고 닭가슴살을 넣고 올리브유를 뿌린 후 물을 약간 붓고 진간장을 조금 넣고는 푹 끓여 준 요리를 점심 도시락으로 준비했다. 진간장과 올리브유만 넣었을 뿐인데 각각의 채소에서 나오는 맛들이 우러나 정말 특별한 야채스튜가 된다.

"딸, 이거 엄마 먹는 건데 한번 먹어 볼래? 맛있어." "엄마, 난 그렇게 맛없는 것 안 먹어." 딸의 장난스러우면서도 솔직한 말이다. 조미료가 들어가지 않은 재료 그대로의 맛이다. 나는 그 맛이 좋다.

산책이 최고야

  운동.

  아들딸이 어렸을 때, 나는 짬짬이 시간을 내어 운동하려고 노력했다. 테니스, 배드민턴, 수영, 에어로빅, 스포츠댄스, 벨리댄스, 방송 댄스, 째즈댄스, 검도 등 다양한 운동에 호기심을 갖고 단기간씩 운동을 했다. 그러다가 2002년부터 일에만 몰두하기 시작하면서, 10분 거리에 있는 학교에조차도 걸어 다니지 않고 차를 가지고 출퇴근했다.

  "엄마, 10분이면 가는데 차 가지고 가?!"
  "엄마, 우리에게는 운동하라고 하면서 엄마는 그것 봐 안 걷잖아."

  어느 날 아침, 출근하려고 차 키를 찾고 있는 나에게 딸이 핀잔하듯이 말했다. 나는 학교에서 학생들을 가르치느라 서 있는 시간을 제외하고는 온종일 계속 앉아 있었다. 또, 토요일과 일요일에는 교회에 나가 봉사활동을 하느라 산책하거나 등산하는 등의 시간을 갖지 못했다. 아니 전혀 관심을 두지 못했다. 그렇게 운동에 대하여 무심한 생활이 폐암 수술 후에야 끝이 났다. 폐암 수술 후, 병실에서 걸은 것이 운동의 시작이었다. 한 걸음 한 걸음 내디딜 때마다 오른쪽 가슴 한쪽을 칼과 톱으로 자르는 듯한 아픔이 있었지만 걸었다. 기운이 없고 통증이 있어 많이 걸을 수는 없었지만, 곁에서 부축해 주는 아들에게 기대어 걸었다. "1시간마다 걸어주어야 폐가 잘 펴질 수 있습니다." 의사 선생님의 말씀에 아들은 한밤중에도 알람을 설정해 두고 일어나 "엄마, 걷자."라며 나를 부축해 주었다. 처음에는 아들에게 기대어 걸었지만, 서서히 혼자 걸을 수 있게 되었다.

퇴원하고 아들이 있는 강릉에서 지내면서 매일 매일 산책하러 나갔다. 처음에는 느린 걸음으로 10분도 못 걷고, 가다가 쉬어야 했다. 호흡하기가 힘들었기 때문에 한 달 정도는 그랬다. 그러다가 30분, 1시간, 2시간. 점점 걷는 시간을 늘려갔다. 힘들었지만 걷는 것이 가장 좋은 운동이라는 것을, 윤태호 저자 '암, 걸을 힘만 있으면 극복할 수 있다'를 통해 공부했기에 포기하지 않고 매일 매일 걸었다. 강릉 남대천 산책로, 대관령옛길, 솔향 수목원, 주문진 해변길 등 하루를 걷기 위해 계획했다. 걸을 수 있다는 것이 선물이었다. 주변의 아름다운 자연들을 보면서 누릴 수 있었고, 다양한 사람들을 보면서 나의 삶을 돌아보는, 마음 점검하는 시간이기도 했다. 강원도는 산이 깊다. 산길을 걷는 중에 뱀도 여러 번 보았다. 뱀에게 물릴지도 모른다는 무서움 있었지만, 좋은 산을 찾아다니는 것을 포기하지 않았다. 그 두려움을 걷는 즐거움으로 바꾸었다. 비가 올 때도, 눈이 올 때도, 강풍이 불 때도, 더운 날에도, 걸을 수 있는 장소를 찾아 걸었다. 그렇게 하루도 거르지 않고 걸을 수 있었던 것은, 걷기를 멈추는 순간 다시 암이 내 몸 한편에 자리 잡을 것 같은 두려움이 있었기 때문이다. 이제, 내 몸에 좋지 않은 것을 들여놓고 싶지 않았다.

2018년 9월부터 한 걸음씩 걷기 시작한 운동은 2020년부터는 필라테스, 요가도 병행하여서 하기도 했다.

"엄마, 나이 들면 근육이 더 없어져서 안 돼. 그러니까 근육 운동을 해야 해."

"엄마, 오늘도 운동했어?!"

딸의 끈질긴 이끎으로 지금은 헬스장에서 근육 운동도 한다. 쑥스러움이 많아 필라테스, 요가, 헬스 등 젊은 사람들이 많은 곳에 가지 못하는 나를 딸은 포기하지 않고 그러한 곳에 등록하게 했다. 이제는 몸에 딱 달라붙는 운동 복도 수줍음 없이 잘 입고 당당하게 운동하는 경지에까지 이르렀다.

그래 잠을 자자

자정이 지나서야 잠자리에 눕고, 다음 날 새벽 5시에 하루를 시작했던, 잠자는 습관을 바꾸었다. 자녀가 성장하는 동안은 엄마라면 거의 누구나가 그렇듯이, 퇴근 후에 식사 준비, 청소, 육아, 빨래 정리를 했다. 더 나를 해롭게 했던 것은 학급 일을 집에까지 가지고 와, 컴퓨터로 밤늦게까지 하곤 했다. 잠자는 시간을 무시하고 그 일을 하기도 했다. 잠을 자는 것보다 무언가 하는 것이 나에게 중요했다. 시간이 필요할 때, 잠자는 시간을 줄이기가 가장 쉬웠다. 가끔은 밤을 새우기도 했으니 잠이란 것을 너무도 무시하고 살았다. 막내딸이 중학생이 되면서부터는 퇴근하고 바로 선교단체에 갔다. 일주일에 3일씩 야간에 봉사하고 밤 11시가 넘어서야 귀가했다.

이제 나는 잠을 보약처럼 챙긴다. 그렇게 무시해 오던 잠 자기는 자동차에 연료를 보충하는 것과 같다. 하루 8시간은 잠자는 시간으로 먼저 정해 놓는다. 상황이 도저히 안 되면 최소한 6시간은 잠을 잔다. 쫓기다시피 하며 어쩔 수 없이 잠을 자던 습관을 바꿨다. 암 수술 후, 얼마 동안은 두려움과 긴장으로 평안한 잠을 이루기가 힘들었다, 이제는 잠잘 시간을 기다린다. 물론 뒤척이다가 30분이나 1시간 후에 잠들기도 한다. 설거지해야 하는 상황이어도, 무언가 꼭 해야 할 것만 같은 일들이나 생각들도 멈춘다. '잠자야지. 자야 해.'라고 혼자 중얼거리며 잠자리에 들어간다. 잠자리에 누웠는데 잠이 오지 않을 때는 그냥 누워서 "잘했어. 상수. 괜찮아."라고 혼잣말하며 손으로 가슴을 토닥인다. 신기하게도 내 위로에 스스로 미소가 지어지며 몸과 마음이 편안해진다. 마치 엄마가 아기에게 자장가를 불러주며 재워주는 느낌이랄까!

내 마음 챙기기

농촌에서 태어나고 성장한 나는 형제 중에 유독 수줍음이 많았다. 고등학생 때 서울로 전학을 왔다. 전학을 와 낯설었던 고등학교에서 단 한 명의 친구가 있었는데, 그 친구는 나를 잘 챙겨주었다. 나는 고등학생인데도 불구하고 대도시의 교실 분위기에 잘 적응하지 못했다. 친구가 없으니 쉬는 시간에도 혼자 공부만 했다. 그런 나에게 다가와 말도 걸어주고, 일요일에는 교회도 데리고 갔다. 중학생 때까지는 시골에서 함께 학교에 다니던 친구들이 몇 명 있었다. 18살에 서울로 전학을 왔다. 그 이후, 결혼 전까지 부모와 형제, 대학 친구, 직장 동료가 내 삶에 연결된 사람들이다. 결혼 후, 남편 가족과 친척, 남편 친구들로까지 연결고리가 확장되었다. 자녀들이 태어나고 성장하면서 자녀들의 친구들도 내 삶에 들어왔다. 서른 중반에 교회를 다니기 시작하면서 교회 사람들과도 연결이 됐다.

가장 많은 시간과 에너지를 쏟아부을 수밖에 없었던 관계는 학급 학생들이었다. 관계의 망이 많아질수록 쉴 수 있는 시간이 조금씩 사라졌다. 피곤했다. 힘들어도 내색하지 않았다. 그런데도, 학급 학생들과 친밀해지기 위해 주말 시간도 썼다. 주말과 휴일에 부모님이 챙겨주지 못하는 학생들이다. 몇몇 학생들을 만나 떡볶이와 피자를 사주기도 하고 영화를 보여주기도 했다.

2002년 교육복지가 학교에 처음 들어왔다. 그때 그 업무를 맡았다. 주말이나 휴일에 돌봄이 필요한 학생들을 대상으로 체험활동 프로그램을 운영했다. 일요일에도 체험 행사를 진행하느라 쉬지 못했다. 학급 학예회를 계획하고, 나도 학생들과 동등한 모습으로 참여했다. 나는 해마다 거의 6학년 담임교사를 맡았다. 우당탕 사춘기 학생들과 사춘기의 쓴맛을 같이 누리기 위해서였다. 6학년 담임교사였던 어느 해, 문화센터에서 가수 비의 'It's Raining' 춤을 열심히 배웠다. 학예회 때 학생들 앞에서 보여주기 위해서였다. 또 다른 해에는, 그때도 6학년 담임교사였는데, 벨리댄스를 배웠다. 배꼽이 보이는 벨리댄스 옷을 갖춰 입고 밸리댄스를 췄다. 그 많은 사춘기 학생 앞에서. 나는 좋은 교사가 되고 싶었다. 그 밖에도 스포츠클럽 줄넘기부 지도, 난지 캠핑장 학급 캠핑, 토요 난타 동아리 활동 지도를 했다. 학생들을 만날 때마다 돈, 시간, 체력을 쏟아부었다. 학생들이 기뻐하고 행복해하면 나도 덩달아 행복했다. 학교 밖에서는 교회와 선교단체에서 봉사했다. 폐암 수술이 있기 전까지, 이 모든 일과 관계를 이어가느라 바쁘고도 고된 시간을 보냈다.

"상수야, 난 몸이 열두 개라도 못 할 일들을 어떻게 그렇게 해? 안 피곤해? 좀 쉬어야지. 너무 피곤해 보여." 친구가 만날 때마다 안쓰러워하며 하던 말이다. 나는 늘 피곤해 있었다. 나를 만나는 사람들이 행복해하는 모습을 보면, 나도 행복했기에 내 몸을 살피지 않았다. 폐암 수술 후, 이 모든 관계가 자연스럽게 정리됐다. 명예

퇴직과 함께 학생들, 교직원분들과의 관계가 사라졌다. 교회, 선교 단체 봉사활동도 멈췄다. 이 모든 연결이 끊어졌다. 마치 홀로 버려진 듯한 외로움이 밀려오기도 했다.

어떤 공동체 안에도 속해 있지 않다는 것, 관계들이 다 멀어져 간다는 것, 나는 수술 후 한동안 무척 외로웠다. 하지만, 이제는 그 전과 다른 관계를 만들어 간다. 관계를 친밀하게 하려고 투자하던 많은 시간과 경비를 줄였다. 칭찬이나 위로, 격려의 말에 현혹되어 몸과 마음을 혹사하지도 않는다. 상대방의 행복에 집중하느라 나를 돌보지 않던 습관도 버렸다. 먼저 내 감정과 시간을 관리한다. 너무 애쓰지 않고도, 내가 할 수 있는 만큼만 진실하게 대응한다.

나 혼자 일방적으로 애쓰기보다 상대방의 반응을 기다리는 힘을 키운다. 상대방이 나에게 당장 좋은 반응을 보이지 않아도 당황하지 않는다. 이리저리 방방 뛰며 바쁘고도 지친 모습으로 살던 내 모습은 이제 사라졌다. 소소한 일들로 맺어지는 관계에서도 큰 행복을 누린다. 그 방법을 알았다. 바로 나 자신과의 관계가 가장 소중하다는 것이다.

'상수야, 오늘도 잘했어. 괜찮아. 충분해'

이제 나는 나 자신과의 관계 안에서 응원하고 격려해 주며 칭찬한다.

짐 비우기

충청남도 당진시 대호지면 조금리 잿말. 내가 태어나서 자란 곳
이다. 대가족을 이루고 살았던 우리 집에 명절이나 제사를 맞이할
때가 되면 서울에서 친척들이 몰려왔다. 아버지는 8남매 중 장남이
셨다. 아버지 형제 분들 자녀들까지 모두 찾아온다. 손님 맞이할 준
비는 오롯이 내 몫이었다. 마당 가에 있는 잡초 제거, 안뜰과 뒷마
당 앞마당 쓸기, 집 구석구석 먼지 털기, 마루 닦기, 다락방 치우기,
창고처럼 쓰이던 광 정리하기, 찬장 정리. 나는 초등학생이었고, 누
가 시키지도 않았다. 3남 3녀 중 넷째였던 나는 다른 자매들보다
얼굴이 예쁘지도, 공부를 잘하지도 못했다. 칭찬받으려고 이 일 저
일 하며 애쓰던 모습이 떠오른다.

할머니와 어머니가 밭에서 일하시거나, 아버지가 논에서 일하실
때면, 점심밥과 반찬을 날랐다. 밥과 반찬을 큰 대야에 담아 머리에
이고 가기도 했다. 소에게 풀을 뜯기러 소와 함께 들에 가는 일도,
뜨거운 땡볕이 내리쬐는 콩밭이나 배추밭에서 잡초를 뽑는 일도
칭찬받는 일이었다. 일 잘한다고 칭찬받는 그 순간들이 참 좋았다.
아침 일찍 일하러 나가셨다가 해가 질 때 돌아오시는 부모님을 위해 저녁 준비를 하기도 하고, 청소와 빨래도 했다. 늦게까지 일하시고 지친 몸으로 들어오시는 부모님을 기쁘게 해드리고 싶었다. 전에는 다른 형제들도 시골에서 함께 살고 있었다. 내가 혼자 시골에 남게 된 큰 사고가 있었다. 큰오빠가 20대 초반에 친척네 집 짓는 일을 도우러 갔다가 사고로 세상을 떠났다. 사고로 세상을 떠난 큰오빠는 공부를 너무 하고 싶어 했다. 하지만, 장손이라는 이유로 시골에 남아 농사를 짓게 되면서 사고가 났다. 부모님은 공부하고 싶어 하던 자녀가 그 꿈을 이루지 못하고 세상을 떠났다는 원통함을 안고 사셨다. 초등학교 3학년 1학년이던 두 동생을 서울로 유학 보냈다. 언니는 천안에서 공부하고 있었고, 작은오빠도 서울로 직장 생활을 하러 갔다. 이런 상황에서 나는 부모님 앞에서 내 마음을 표현하지 못하며 불평 없이 사춘기를 보냈다.

결혼 생활 중에도 예전 습관 따라 불평 없이 생활했다. 힘들다는 말도, 남편이 먼저 하니까 나는 말할 틈이 없었다. 누군가가 먼저 거절하니까, 나는 아니라는 말을 할 기회가 없었다. 그런 말을 하면 상대방이 힘들어하니까 하면 안 됐다. 부모님과 함께 생활할 때 부모님 마음을 살피느라 내 감정을 표현하지 못했던 것처럼 말이다. 직장에서도, 어려서부터 함께 지내온 형제들 사이에서도 감정 표현을 하지 못했다. 누군가가 일을 부탁하면 거절할 줄 몰랐다. 형제들은 나를 착하다고 말했고, 학생들, 학부모님들, 직장 관리자 분들, 많은 동료 직원이 그런 나를 칭찬했다. 이 모습은 교회와 선교 단체 안에서도 같았다. 불평불만 없이 많은 일을 다 감당했다. 몸은 쉴 사이가 없었다. 일이 계속 늘어났고, 몸은 지쳐갔다. 그러다가 2008년도에 뇌종양 수술과 자궁절제 수술을 받았다. 10년 후, 2018년 폐암 수술을 받았다. 지금까지는 나의 폐암 수술 이전 삶의 모습이다.

폐암 수술 후, 내 몸은 아무것도 할 수 없는 상태가 됐다. 근무하던 학교에서는 몇 개월 병가로 몸을 회복한 후, 다시 학교로 돌아오기를 권유했다. 일에 대한 열정과 소속감을 누리고 싶은 마음에 잠깐 동요가 일기도 했다. 하지만, 나는 병 휴직을 신청했다. 내 건강이 가장 중요함을 알았기 때문이다.

폐암은 일과 남편에게서 떨어져 지낼 수 있는 절호의 기회였다. 남편은 집안에서 매일 담배를 피웠다. 담배를 피해 다른 곳으로 간다는 이유가 충분했다. 폐암이었기에 가능했다. 새로운 삶의 시작점이다. '다 이루었다'는 감동의 순간을, 수술을 앞두고 혼자 누렸다. 누가 이 감정을 이해할 수 있을까? 난 일과 남편에게서 벗어나, 자유를 누릴 수 있게 되었다. 수술 후, 강릉으로 갔다. 그곳에서 아들의 도움을 받으며 몇 개월 동안 몸과 마음의 건강을 회복시키는 데 전념했다. 그 후, 딸이 다니는 대학 주변에 월세를 얻어 딸과 함께 생활했다. 그곳 포항에서 상담도 받았다. 딸은 포항에 있는 대학교에 다니고 있었다. 수술 후, 1년 반 정도의 시간이 지나면서 몸과 마음의 건강이 회복됐다. 다시 일하고 싶은 마음이 스멀스멀 올라왔다. 아침 산책할 때마다 등교하는 초등학생들을 본다. 그때마다 다시 학교로 돌아가고 싶은 그리움이 밀려왔다. '내가 다시 할 수 있을까? 아이들 앞에 다시 설 수 있을까'라는 두려움과 함께.

2019년, 코로나가 시작되기 전, 겨울 어느 날 아침 산책을 하면서 주변 초등학교에 전화했다. "안녕하세요. 저는 서울에서 근무하다가 명퇴를 한 사람인데요. 혹시 강사가 필요하시면 연락을 주시기 부탁드립니다." 그리고 코로나가 시작됐다. 코로나로 인해 교실 상황도 코로나 이전과는 달랐다. '줌' 온라인 수업이 등장했다. 이젠 교실로 다시 돌아갈 수 없을지도 모른다는 두려움이 밀려왔다. 그러던 중에, 2020년 4월, 포항 양덕동에 있는 초등학교에서 연락이 왔다. 한 달 동안 강사로 근무해 달라는 전화였다. 하지만 코로나가 폐에 치명적이라고 알려졌기에 거절했다. 그해 6월, 포항시 어느 학교에서 연락이 왔다. 3일 동안 3학년 한 학급을 맡아달라고 요청했다. 이제 도전해야 했다. 뚫고 나아가야 했다. 처음에는 3일 동안 담임 강사로 시작했다. 그리고 1주일 과학 강사, 1주일 담임 강사, 1개월 반 기간제 담임교사, 한 학기 기간제 체육 전담 교사, 한 학기 기간제 담임교사로 이어졌다. 여러 학교에 다니며 학생들을 만났다. '다시 시작할 수 있을까?' 하는 두려움과 긴장감은 '줌' 수업에 대한 호기심으로 바뀌었다.

새로운 출발이었다. 예전과는 달리 칭찬받으려는 욕심도, 누군가의 관심을 받으려는 마음도 버렸다. 주어진 시간 안에 할 수 있는 것만 준비했다. 정성, 사랑, 성실, 정직으로 시작하고 끝을 맺었다. 늦게까지 욕심부리며 일하지 않는데도 사람들은 나를 칭찬했다. 학생, 학부모님이 칭찬해 주셨고, 관리자 분과 동료 분들이 응원해 주셨다. 이 학교 저 학교에서 강사로 와달라고 연락이 왔다. 이제 작은 일도 혼자보다는 함께 고민하고, 함께 해결해 가는 행복을 누린다. 혼자 감당하기 버거운 일은 자연스럽게 거절한다. 형제, 친구, 가족 안에서도, 친척 사이에서도 다 그렇게 세워 간다. "엄마,

엄마가 안 되면 안 된다고 말해. 혼자 다 감당하려고 하지 말고." 딸이 늘 내게 해주던 말이다.

"엄마, 괜찮아. 엄마는 늘 우리에게 충분히 다 줬어요." 아들이 나에게 위로하며 해주는 말이다. 많은 짐을 혼자 떠안으려 하지 말라는 아들과 딸의 위로. 이제 나에게 일은 삶을 가꾸어 가는 일부분일 뿐이다. 일터는 새로운 사람들을 만나서 함께 하는 곳, 나를 새롭게 변화시켜 가는 곳, 풍성한 삶을 누리는 곳이다. 앞으로 몸과 마음을 챙기며 가볍게 살아가려 한다. 2023년 2월에는 '한국어 교사' 자격증도 취득했다. 수술 후, 몰입할 것을 찾다가 발견한 꿈이다. 한국어 교사.

짐은 덜어내고 꿈은 쌓아간다.

눈길 바꾸기

강릉 독서 모임 '이음'

강릉 청소년 마을 학교 '날다 학교'

강릉 '내일 상회'

'제로 웨이스트'

'기후 위기'

'쿨 루프 캠페인'

'CLASS 101' 등은 수술 후, 바로 강릉으로 내려와 생활하면서 내 시선이 머문 곳이다.

나는 바닷가 농촌에서 중학생 때까지 지냈다. 나중에 간척사업으로 바다는 육지가 됐다. 서울 숭의여자고등학교를 거쳐, 서울교육대학에서 청년의 때를 보냈다. 나는 어려서부터 가족과 대화를 별로 하지 않고 지냈다. 그래서 그런지 낯선 사람들과 어울려 대화를 나누는 일을 피했다. 타인에 관한 관심도, 대화에 끼려는 의지도 별로 없었다. 대학 졸업 후, 직장생활을 하면서도 나는 마치 다른 세상에서 살다 온 사람처럼, 세상일과 동떨어져 우물 안 개구리처럼 살았다. "공주님" 딸이 그런 나를 빗대어 놀리듯이 했던 말이다. "공주님은 이런 거 할 줄 모르지요." "공주님은 이런 거 관심 없지요." 결혼하고, 자녀를 낳고, 어른의 자리에 있었지만, 여전히 세상 물정 모르는 '어른아이'였다. 늘 바빴기에 일과 관련이 없는 사람들을 바라볼 시간과 마음의 여유가 없었다. 오직 나의 시선은 학교, 집, 교회라는 공간에서 만나는 사람들에게만 향했다.

폐암 수술 후, 나는 강릉과 포항, 제주도로 삶의 터전을 옮겨 다녔다. 강릉에서 건강을 회복하며 지낼 때, 내 시선이 향한 곳이 참 많다. 지나가는 사람, 나무, 새, 하늘, 구름, 일하는 사람, 등교하는 아이, 폐휴지를 손수레에 담아 끌고 가시는 할머니, 길가에 버려진 쓰레기, 주인과 함께 산책하는 강아지, 다리를 절뚝거리며 지나가는 아저씨, 식당에서 부지런히 음식을 나르는 청년 등등. 보고 또 보고, 자세히 보고 또 보고, 주변 사람들의 표정을 읽었다. '저 사람 표정을 보니 무슨 좋지 않은 일이 있나? 힘들어 보이네.' '와, 정말 대단하다.', '슬프겠다.', '가족이 정말 행복해 보여서 좋다.', '다리가 불편하신가 보다.', '내가 도와드릴까?' 표정과 행동을 보며 처한 상황을 추측해 보기도 하고, '저 상황에서 나라면 어떻게 할까?' 고민을 해보기도 했다. 산책을 매일 하다 보니 꽃, 풀냄새, 새소리, 풀벌레 소리, 개울물 흐르는 소리, 파도 소리, 새싹 등 자연과 가까이 있는 시간이 많았다. 자연의 작은 움직임과 작은 소리에도 감동이 일었다.

"와! 정말 예쁘다!", "와, 시원해.", "풀냄새가 참 좋다.", "어쩜 이렇게 신비롭게 꽃이 피었지?", "이 꽃을 볼 수 있어서 참 좋다.", "파도 소리를 들을 수 있어서 참 행복하다.", "와! 저 구름 좀 봐!" "새소리를 들을 수 있다니!"

자연의 모든 현상이 다 신비롭고 경이로웠다. 꽃 모양이 오묘했고, 살갗을 스치는 바람에도 감사와 찬사를 보냈다. 뉴스를 듣거나 보면서 마음이 아프기도 하고, 마치 내 일인 것처럼 괴롭기도 했다. 아픈 사람, 고통받는 사람, 외면당하고 무시당하는 사람에게 나의 시선이 닿았다. 바빠서, 몰라서, 외면하고 지나쳤던 그곳을 바라보고 공감하는 힘이 커졌다. 내 일이 아니라고 여겨졌던 일들을 내 일처럼 본다.

나는 요즘 역기능 가정환경에서 성장한 청년들에게 시선이 간다. 내 자녀들도 역기능 가정환경에서 성장했기에 그렇다. 또, 내가 암에 걸렸기에 암 환자에게 시선을 향한다. 청년들이 모이는 독서 모임 '이음'에도 참여하고, 청년들이 활동하는 '날다 학교'에서 봉사 활동을 하기도 한다. 또 청년들이 가르쳐 주는 유튜브 강의도 듣는다. 청년들의 삶을 이해하고 공감하는 힘을 기르기 위함이다. 강릉 '내일 상회', '제로 웨이스트', '기후 위기', '쿨 루프 캠페인' 등은 청년들이 중심이 되어 활동하는 공간과 주제들이다. 나의 시선이 이곳에도 머문다.

"나 놀러 가도 될까요?", "그럼요."

서울에서 누군가가 강릉에 있는 나에게 찾아온다고 말을 건네온다. 삶에 지쳐 잠깐 쉬러 오고 싶다고 하신다. 예전에는 나에게 전혀 없었던 대화다. 나와 이틀을 함께 보냈다. 마음의 위로와 쉼을 얻고 가신다며 행복해하신다. 나도 행복하다. 달라진 내 시선이 아름다운 세상을 만들어 가는 작은 힘이 되기를 기대한다.

생각 뒤집기

"고마워."

"미안해."

"괜찮아."

"어쩔 수 없지."

"기다릴게."

"그랬구나."

"쉬었다 하자. 산책할까?" "예쁜 카페에 가자." "괜찮아질 거야."

나는 요즘 이런 말을 자주 사용한다. 여유 있는 말이 습관처럼 나온다. 그동안 다른 교사들보다 1시간 정도 아침 일찍 출근하여 합창 지도, 학생회 활동 지도, 스포츠 클럽 활동 지도, 부서 행정 업무를 했다. 다른 교사들이 다 퇴근하고 난 뒤에도, 나는 더 잘하겠다고 캄캄한 밤에 교실에 혼자 남아서 일했다. '좋은 교사'라는 자만과 '나 아니면 안 된다.'라는 교만함이었다는 생각이 든다. 누군가와 소소한 대화를 나누는 일은 소중하지 않았다. 그런 일은 뒷전이었다. 이제, 스쳐 지나가며 잠깐 만나 나누는 대화도 나에게 귀하다. 그 시간이 참 좋아졌다. 일은 매일 성실한 삶을 살게 하는 소품이다. 아들이 돌보는 두 마리의 유기견과 함께 보내는 시간이 아깝지 않다. 아침저녁으로 산책시키고, 털을 손질해 준다. 밥을 챙겨주고, 놀아 주는 시간이 하루 중 많은 부분을 차지하는데도 그 시간이 아깝지 않다. 강아지들은 나를 칭찬해 주지도, 소속감을 주지도 않는다.

"엄마, 이제 우리에게 신경 쓰지 말고 보육원 같은 곳에 가서 아이들 돌보는 일들 찾아서 해야 해." 딸이 요즘, 이렇게 말할 때마다 '내가 보육원 아이들을 돌볼 사랑의 힘이 있나?'라는 생각을 했다. 나는 강아지들을 돌보며 그 사랑의 힘이 키워지고 있음을 경험한다.

"선생님 산책해요."

"그래, 같이 산책하자." 점심시간에 학급 여자아이 두 명이 함께 산책하자며 내 손을 잡는다. 참 사랑스럽다. 초등학교 3학년이다.

"엄마, 미안해요." "괜찮아. 엄마가 미안해."

"엄마, 고마워요." "엄마가 더 고마워." 내가 아들, 딸과 주고받는 말이 더 부드럽고 여유로워졌다. 이제 나는 내 마음을 자연스럽게 표현한다.

딸이 들뜬 목소리로 전화했다. 평소에 별로 소소한 이야기를 하지 않는 딸이다. "엄마, 도서실에 갔는데 화장실에 예쁜 세면대가 있어서 참 좋았어. 도서실에 오니까 이런 세면대도 사용해 보는구나! 라는 마음을 갖게 됐어. 엄마, 예전 같으면 내가 돈이 없어서 카페에 가지 못하고, 도서실에서 공부하고 있다는 마음에 속상해했었잖아. 오늘 그 마음이 사라져서 신기했어." 딸은 신이 나서 말한다. 엄마인 내가 딸의 감정을 잘 들을 수 있는 마음의 여유가 생겼음을 딸도 안다.

나는 교실에서도 학생들의 말을 경청한다. 예전에는 학생들이 주어진 과제를 완성하게 하는 것이 학습 시간 목표였다. 모든 학생들이 내가 옳다고 생각하는 모습으로 행동하기를 바랐다. 지금, 나는 학생들에게 배운다. 여유가 생겼다. 한 명 한 명 다 다른 모습이 참 귀하다. 보배롭다. '아, 참 귀엽다. 어쩜 저런 기특한 생각을 하지! 와 기발한 생각인데!' 생각의 방향이 달라졌다. 순간순간 보이는 아이들의 삶을 공감하는 힘을 더 기른다. 일터에서 만나는 분들의 삶도 내 삶만큼이나 얼마나 소중한지 깊이 공감한다. 내가 다른 사람들을 돕고 있다는 생각을 버렸다. 나는 내 생각과 다르면, 그 사람이 달라져야 한다고 생각하는 경우가 많았다. 이제는 상대방이 누구든지, 대화 속의 이야기를 내 이야기처럼 귀 기울여 듣는다. 작은 것에 감사한다. 스쳐 지나가는 사람과의 대화도 소중하게 여긴다. 작은 일도 정성껏 한다. 나는 다른 사람들 말을 경청하는 힘을 키운다. 이제 시작이다.

내 마음 토닥토닥

　폐암 수술 후, 1년이 지났을 때다. 포항에서 대학 생활을 하고 있던 딸이 전화했다. 여름방학 동안 포항에 내려와 상담받으라고 한다. 나는 강릉에서 아들의 도움을 받으며 지내던 중이었다. 딸은 포항에 있는 상담센터 연락처를 보내주면서 예약하라고 부추겼다. 결혼 후, 상담받고 싶을 때가 간혹 있었다. 남편과 부부 상담도 받고 싶어 상담받아 보자고 말했지만 바로 거절당했다. 1회에 10만 원 정도 하는 상담비가 너무도 부담스러워서 그냥저냥 살아왔다. 지방 대학가에는 방학이 되면 월세방을 비워 놓고 고향으로 가는 학생들이 있다. 딸 친구도 그랬다. 딸은 친구가 지내던 방이라며 방학 1개월 동안 지내게 해주었다. 기숙사 생활을 하던 딸은 방학 동안 미국으로 인턴 생활을 하러 갔다. 나는 포항에 아는 사람이 아무도 없었다.

　2020년 7월, 포항에 있는 '쉴만한 물가' 상담센터로 상담을 받으러 다녔다.

　"그동안 잘 지내오셨어요. 잘 해오셨어요. 정말 놀랍게 잘해 오셨어요. "첫 상담 날, 상담 선생님은 그동안 혼자 마음에 담아두었던 아픔들을 어루만져 주셨다. 회색빛이었던 마음이 맑은 하늘빛으로 변했다. "이제부터는 상수님의 마음을 챙겨주세요." 내 마음이 소중하다는 것을 알려 주셨다. 폐암 수술 후, 건강관리와 마음을 굳건하게 하려고 노력해 오고 있었지만, 사실 홀로 있는 듯한 외로움이 밀려오곤 했었다. 10회의 상담을 받으면서 삶의 방향을 예전과 다르게 잡았다. 지금 그 도전의 길에 있다. 내 첫 도전은 포항에서 딸과 함께하는 생활이었다. 딸은 내가 폐암 수술하던 해, 3월에 대학에 입학했다. 딸은 기숙사 생활을 하고 있었는데, 벗어나고 싶어 했다. 딸이 기숙사 생활 1년 반을 했을 때, 나는 딸과 좁은 원룸을 얻어 살기 시작했다. 폐암 수술 후, 1년이 지났을 때다. 딸이 다니는 학교와 가까운 양덕동 원룸 밀집 지역에 월세방을 얻었다. 딸과 함께 단둘이 지내는 기회가 됐다. 나는 딸을 출산하고 1년 4개월 동안 휴직했었다. 그 기간을 제외하고는 딸과 생활을 친밀하게 할 수 있었던 시간이 별로 없었다. 직장 다니는 엄마로 살다 보니 낮에 간식을 챙겨준 적도 없었다. 폐암 덕분에 딸과 함께 생활할 수 있는 절호의 기회를 얻은 셈이다. 딸이 먼저 나에게 제안했다. 내가 상담받기 위해 며칠 동안 딸과 지낼 때, 딸이 내게 같이 지내자고 말했다. 딸이 고마웠다. 딸과 지내면서 둘의 마음이 부딪치는 일도 자주 있었다. 그동안 둘이 친밀하게 보내지 못했기 때문이라는 생각이 들었다. 바쁜 일상에서 잠깐씩 오고 간 대화가 전부였다. 내 마음을 딸에게 표현하지 않아도 됐다.

딸에 대한 내 마음을 읽기 시작했다. 알아채려고 노력했다. 그리고 용기를 내어 내 마음을 딸에게 말로 표현했다. 처음에는 딸의 반응이 두렵기도 했지만, 1년이 지나면서 내 마음을 말로 표현하는 힘이 커졌다. "엄마, 엄마 마음이 어떤지 말해줘야지. 엄마가 말해주지 않으면 모른단 말이야. 그리고 솔직한 마음을 말해줘야 나중에 오해가 생기지 않지." 딸은 매일 매일 내가 마음을 말로 솔직하게 표현할 수 있게 도와주었다. 딸과 함께한 생활이 1년이 흘렀을 때다. 딸은 학교 공부와 진로 문제로 매일 우울하고 불안한 마음을 스스로 감당하기 힘들어했다. 딸이 고통스러워하는 모습은 나에게 암보다도 더 가슴 미어지게 했다. 살짝 건드리기만 해도 깨어질 것 같은 딸의 마음과 몸짓. 엄마인 내가 곁에서 그 상황을 함께 지킬 수 있어서 감사했다. 내가 아픈 것이 딸 곁에 있게 된 축복이었다.

"딸, 엄마가 받았던 상담 선생님께 상담받아봐. 엄마도 딸이 상담받으라 해서 딸 말을 들었잖아." 무너져 내릴 것처럼 보이는 딸에게 조심스럽게 말을 건넸다. 상담센터에 찾아가지 않을 성격의 딸이었기에 내 마음이 초조했다. 내 마음이 이렇게 간절하게 딸의 마음을 살피고 있었다. 딸이 우울하고 고통스러워하는 모습을 절절하게 함께 아파한 것은 이때가 처음이었다는 생각이 든다. 딸은 상담을 받기로 했다. 이렇게 딸이 아파하던 시기에 내가 근무하던 학교로부터 연락이 왔다. 내 병 휴직 기간이 끝나 복직해야 한단다. 나는 결정해야만 했다. 복직한 후에 몇 개월을 서울에서 근무하다가, 포항으로 지방 발령을 지원하여 그때부터 딸 곁에 있을 것인지, 바로 명예퇴직을 할 것인지. 갈등에 빠졌다. 어린 시절부터 강하고 씩씩하게 도전적인 생활을 해온 딸이다. 강한 모습만 보여왔던 딸이 완전히 무너져 내려앉는 모습으로 상담 치료를 받는 중이다. 엄마인 내가 해야 하는 결정은 딱 한 가지였다. 바로 퇴직하기로 했다. 내가 원하는 마음을 스스로 읽고, 잘 챙겼다. 가장 소중한 순간을 잃지 않기 위해, 내 마음을 믿고 용기를 내어 결정했다. 내 결정으로 딸이 가장 아파할 때 곁에 있게 됐다. 얼마나 감사한 일이었는가! 그로부터 2년이 지난 지금, 딸과 마음을 나누는 대화를 수시로 한다.

"딸, 난 그렇게 생각하지 않는데." 나는 이렇게 솔직한 말로 표현하지 않았었다. 이제는 내 마음을 차분하게 또박또박 말로 표현한다. 그동안 다른 사람들의 눈치를 보면서 내 마음을 감추고 살아왔다. 내 마음이 무엇인지 알고도 가슴안에 묻혀 놓곤 했었다. "선생님도 너희처럼 소중하단다. 그러니까 선생님에게도 함부로 말하거나 행동하면 안 돼요." 학생에게 예전에는 하지 않던 말을 부드럽고도 당당하게 한다. 내 마음도 소중하다고 챙긴다. 남편은 내가 서울에 가면 과자를 먹으라고 한다. 혼자만 먹기에 좀 어색해서 그런지도 모르겠다. 하지만 나는 건강을 잘 챙겨야 해서 과자, 튀김 음식, 밀가루 음식을 안 먹을 거라고 말한다. "난 안 먹을게." 내가 싫다고 말하는데도 남편은 자꾸 권한다. "괜찮아. 이거 한 번 먹는다고 아무 상관 없어." 괜찮다고 말하는 남편 말을 이젠 듣지 않는다. 남편에게 괜찮은 일이 나에게는 살기 위한 절박함이기 때문이다. 남편과 내 생각이 다를 때, 예전처럼 남편의 말에 따라 행동하지 않는다. "아니, 나 안 먹을래요."

유채꽃처럼

　나는 초등학교 저학년 때 처음 교회에 갔다. 아마도 교회 행사 때 잠깐 다녔던 것 같다. 그 이후, 서울에 있는 기독교 고등학교로 전학을 가면서, 일주일에 한 시간씩 성경 말씀 공부를 했던 기억이 난다. 그때, 처음 사귄 친구가 교회에 다니는 아이였다. 나는 교실 책상 앞에 앉기만 하면 재채기를 연달아 했다. 코에서는 콧물이 줄줄 흐르곤 했다. 그럴 때마다 그 친구는 두루마리 휴지를 갖다주었다. 방과 후, 학교 도서실에서 밤늦게까지 공부할 때, 빵도 건네주곤 했다. 그 친구는 전도사님과 결혼했다. 결혼한 그 친구 집에 놀러 갔는데, 두 아이의 엄마가 되어 있었다. 그때가 마지막 만남이었다. 보고 싶은데 찾을 수가 없다. 나는 그 친구와 대학생 때도 교회에 다녔다. 대학 3학년, 남편을 만나면서 교회를 멀리했다. 결혼 후, 일요일은 거의 시댁에 가는 날로 정해져 있었다. 교회에 간다는 말을 못 했다. 신혼부터 갈등이 쌓이기 시작한 결혼 생활로 몸과 마음이 지쳐갔다. 서로 다른 생활 습관으로 갈등이 생겼을 때, 나는 남편의 물리적인 힘에 맞닥뜨려야 했다. 나에게 무엇이 문제인지 물어도 대답 없이 날아오는 그 힘. 직장에 있을 때도, 거리를 걸을 때도,

소리 없이 눈물이 줄줄 흘렀다. 가슴이 답답했다. 양쪽 가슴 중앙에 콱 막히는 통증이 자주 생겼다. 호흡하기도 힘든 상황이 오곤 했다. 사람들 만나는 것도 두려웠다. 나를 잃어가고 있었다. 요즘 자주 쓰이는 말로 표현하면 우울 공황 상태였던 것 같다. 나는 그런 나를 포장했다. 포장된 내 모습은 남편 사랑을 받으며 누리고 사는 여자였다. 누구로부터도 위로와 도움을 받지 못하는 상황이었다. 더 이상 견딜 수 없게 되었을 때, 그 당시 네 살이었던 아들 손을 잡고 교회에 갔다. 딸을 품고 만삭이었을 때다. 남편과의 갈등의 깊이는 더욱더 깊어져 갔고, 대화는 없었다. 내가 꿈꾸었던 결혼 생활과 정반대의 길을 가고 있었다. 다시 회복될 돌파구가 보이지 않았다. 남편의 거친 언행을 잠재울 만한 힘이 내게 없었다. 그때 교회가 생각났다. 그 이후로 지금까지 교회에 다닌다. 나는 폐암 선고를 받기 전까지 교회 활동에 열심히 참여했다. 토요일에는 교회 청년들과 함께 장애인을 위한 봉사활동을 했다. 일요일에는 교회학교 교사로 활동했다. 교회에서 하는 역할이 점점 더 늘어났다. 자랑스럽게 느껴졌다. 나는 내가 미련하지 않다는 사실을 알아갔다. 교회는 내가 살아가는 힘의 원천이 되었다.

수술 후, 나는 아무것도 할 수 없었다. 토요일마다 새벽 기도를 마치고 청소하던 교회 작은 카페. 그곳을 지나칠 때면 청소하며 행복해하던 내 모습이 생생하게 떠올랐다. 청년들과 함께 청년 예배를 드리며 활기 있게 생활하던 그때가 그립기도 했다. 어느 순간 난 아무것도 할 수 없는 상황에 놓여 있었다. 하지만 시간이 흐를수록 마음이 더 자유로워졌다. 무언가 하지 않아도 나 자신, 그 모습 그대로 소중한 존재임을 확인했다. 아무것도 할 수 없어도, 그냥 존재만으로도 소중하다는 것을 배우는 시간이다. 나를 스쳐 지나가는 모든 사람을 새로운 마음으로 바라보기 시작했다. 허름한 옷을 입고 걸어가시는 할아버지도, 구부정한 허리로 시장 바닥에 자리 잡고 앉으셔서 채소를 파시는 할머니도, 바삐 뛰어서 등교하는 학생들도, 모두가 다 어쩌면 그리도 귀하게 여겨지는지. 이제, 다른 사람의 입장을 공감하는 마음을 더 키우고 있다. 유채꽃의 꽃말은 희망이다. 보이지 않는 내일을 오직 희망으로 견디며 살아간다.

남편 앞에서

2022년 추석 연휴 기간 중, 남편과 1박 2일 동안 함께 보냈다. 남편은 서울에서 직장에 다닌다. 야간 근무를 마치고 9월 11일 일요일, 아침 9시 기차로 강릉에 도착했다. 강릉역에는 마중하며 기다릴 수 있는 주차구역이 있다. 나는 그곳에 주차하기 위해 역 주변을 두 번이나 돌았다. 너무 일찍 마중 나왔기 때문이다. 대기 구역에서의 주차 시간은 20분을 넘기면 주차위반이다. 역 안으로부터 걸어나오는 남편의 모습이 조금은 피곤해 보였다. 나와 함께 있을 때, 남편은 거의 웃는 표정 없이 무표정이나 굳은 표정이다. 1박 2일을 어떻게 보내야 할지 1주일 전부터 고민하면서 준비했다. 남편과 둘만의 시간을 거의 보낸 적이 없기에, 더욱 긴장되기도 하고, 답답한 마음도 잠깐씩 스쳐 갔다.

나는 남편과 결혼한 지 33년이 되었다. 하지만 서로 마주보고 대화한 시간은 모두 합쳐도 하루도 안 될 것이다. 그런 우리 부부가 이틀을 단둘이만 보내기로 했다.

"이번 명절에 강릉에서 둘이 같이 보내요. 아는 선배가 준 펜션 방이 있어요. 앞으로 어떻게 살아가야 할지 대화하는 시간을 갖고 싶어요. 지금까지의 나는 이제 다른 모습으로 변했어요. 계속 변화해 갈 거고요. 예전의 나는 없어요. 그 이야기를 하고 싶어요." 며칠 전, 나는 남편에게 이렇게 단단히 말해 놓았다. 폐암 수술 후, 나는 강릉과 포항, 제주를 오가며 지냈다. 이 글을 쓸 때는 강릉에서 생활하고 있었다. 남편은 결혼 전부터 지금까지 계속 담배를 피운다. 집안에서도 남편이 피우는 담배 연기로, 나는 늘 신경이 예민해지곤 했다. 폐암 수술 후, 담배를 피우는 남편과 떨어져 지내야겠다고 다짐했다. 자녀들의 도움으로 아들이 있는 강릉에서, 딸이 있던 포항에서 외롭지 않게 잘 지낼 수 있었다. 이렇게 남편을 떠나 생활을 한 지가 이제 4년이 넘었다.

"혼자 사는 것도 이제 지쳤어."라며 남편은 이제 서울 집에 들어오라고 말한다. "난 못 가. 아직도 담배를 그대로 피우잖아요." 내 대답은 이제 당당하다. 폐암은 남편과 떨어져 지내며 나를 찾아가는 허락된 기회다. '내가 어떻게 남편을 불러서 이야기하자고 할 수 있을까?'나 자신에게 스스로 놀랐다. 그리고 그런 내가 대견스러웠다. 4년 동안 몸과 마음이 단단해졌다는 증거다.

"오늘은 내가 맛있는 것 살 테니까 내일은 당신이 사줘요." 나는 강릉역에서 남편을 만났다. 가장 쉬운 먹는 말부터 했다. 남편의 얼굴은 늘 그렇듯이 일그러진 표정이다. 하지만 나는 그런 표정에 아랑곳하지 않고 당당하고 기쁜 표정과 말투로 말을 이어갔다. 예전 같았으면, 남편 표정에 바로 주눅이 들고, 내 마음도 바로 우울해지고, 두려움을 안은 채 남편과 같은 표정으로 변해갔을 것이다. 그 습관에 빠져들지 않기 위해 집중했다. 식사할 때는 반찬 이야기하면서 분위기를 가볍게 만들려고 했다. 차를 타고 이동할 때나, 바닷가를 산책할 때는 앞으로 내가 어떻게 살아가고 싶은지 이야기했다. 남편은 이야기를 듣다가 언성을 높여 반응하기도 했다. 남편은 그 화를 달래려고 저만치 가서 담배를 피우고 왔다. 예전과 달라진 남편 모습에 마음이 뭉클했다. 나도 남편을 부드러운 말과 표정으로 대했다. 그래서였을까? 예전 같았으면 남편이 한번 화를 내고나면 그다음에는 대화를 이어갈 수도 없었고, 서로 마주 보고 있지도 못했었다. 그런데, 남편은 담배를 피우고 돌아와 내 말을 잘 들었다. 나도 아무런 마음의 아픔도 처절함도 느끼지 않고, 담담한 모습으로 오히려 남편 마음을 달래주고 있었다.

"우리 이제 정말 좋은 친구처럼 살아가는 거야. 서로 평행선으로 존중하며 살아가는 거야. 명령은 없어요. 우리 이제 아들딸에게 물려 줄 좋은 부모의 모습을 찾아가요. 그 아이들이 험난한 세상을 살아갈 때, 엄마 아빠가 살아가는 모습을 보며 힘을 얻을 수 있도록 그런 부모의 모습을 유산으로 남겨 주고 싶어요. 우리 둘, 아들딸, 모두 평행선을 걸어요. 모두가 성인이잖아요. 누구에게도 명령이나 강요하지 않고 존중하며 살아가면 좋겠어요." "좋은 책도 읽고, 봉사도, 취미도 찾아봐요. 지금 당장 다 하자는 것이 아니라 조금씩 시작해요. 예전의 나로 살지 않을 거예요." 이렇게 말하는 내가 기특했다. 폐암 수술 후, 나는 달라졌다. 남편과 함께 있는 모습이 당당하고도 여유 있게 바뀌었다. 말과 행동의 자유로움을 찾았다. 내 생각과 마음을 표현한다. 결혼 전에, 남편을 만나며 꿈꾸었던 좋은 부부의 모습을 찾아가고 있다.

2장 홀로서기

집을 떠나다

    나는 결혼 생활 33년 동안 늘 남편과 함께 생활했다. 하지만, 2018년 9월부터 나는 남편과 떨어져 다른 곳에서 살고 있다. 서울에서 강릉으로 내려왔다. 나는 남편과 함께 있 는 집안이 편하지 않았다. 담배 연기뿐만 아니라 나와 너무도 다른 생활 방식과 가치관 때문이었다. 강릉에는 고등학교 교사로 근무하는 아들이 있다. 아들이 사는 집은 작은 원룸 아파트였다. 싱글 침대 하나 딱 들어가는 작은 침대 방 하나, 부엌 겸 거실, 좁은 화장실, 세탁기가 놓여 있는 좁은 베란다. 아들은 침대방을 나에게 내주고, 거실에 있는 소파 겸 침대에서 잠을 잤다. 아침에 잠에서 깨어 방 창문을 연다. 창문 밖으로 작은 동산이 보인다. 아침 맑은 공기와 함께 새소리가 들린다. 서울과는 다르게 아파트 주변에 작은 산이 많다. 바다로 이어지는 넓은 하천도 있다. 바다도 있다. 숨 가쁘게 하루를 보내던 일상이 바뀌었다. 자연이 주는 평온함과 여유로움이 내 삶에 그대로 들어왔다. 강릉에서 9월 한 달을 보내고, 10월에 제주도로 거주지를 옮겼다. 나는 제주도 북촌에 있는 기독교 열방대학에서 3개월을 보냈다. 기숙사 생활을 했다. 열방대학은 예수제자 훈련학교를 기초로 다양한 학과과정이 있다. 국제 기독교 대학이다. 나는 이곳에서 3개월 동안 머물며 성경 말씀을 공부했다. 성경 말씀을 공부하는 동안 마음이 평안해졌다. 내가 버려진 것이 아님을 확인했다. 폐절제 수술을 하고 1개월밖에 지나지 않은 몸이었다. 음식은 공동 식사를 하지 않고 혼자 따로 만들어 먹었다. 인스턴트 식품을 피하기 위해서였다. 반찬이라야 딱 한 가지였다. 암 회복에 좋다는 야채들을 썰어 냄비에 넣고 살짝 끓여 먹었다. 밥은 잡곡밥만 먹었다. 작은 냄비와 전기밥솥을 샀다. 학교 규칙에 학생은 따로 밥을 지어 먹을 수 없었다. 나는 특별히 허락을 받았다. 강의를 듣는 것도 나에게는 너무 무리였다. 수시로 수술 부위가 톱으로 자르는 것처럼 아팠기 때문이다. 나는 강의 도중에 아프면 누워서 들었다. 간사님들이 누울 자리를 마련해 주었다. 몸이 엉망인 상태인데도 강의를 들으면 힘이 생겼다. 암이라는 두려움을 떨쳐버리는 시간이었다.

　3개월을 성경 공부하면서 보내고 난 후, 1개월은 제주 조천 선흘 동네에서 혼자 한 달 살기를 했다. 겨울이다. 한 달 살기를 하기 위해 방을 구하는 일은 쉬웠다. 열방대학 간사님 한 분이 선흘 동네 시골집을 소개해 줬다. 결혼 후, 처음으로 혼자 지내는 시간이었다. 그 한 달 동안, 열방대학에서 함께 보냈던 몇몇 분들도 찾아와 주었고, 경기도 광명에 사는 언니도 찾아왔다. 딸도 왔다. 딸은 며칠 동안 나와 함께 제주도를 여행했다. 나는 행복했다. 2018년 가을과 겨울을 제주도에서 보내고, 다음 해인 2019년 2월에 다시 아들이 있는 강릉으로 갔다. 강릉에서 7월 중순까지 생활했다. 딸은 내가 여름방학 동안 포항에 내려오면 좋겠다고 했다. 포항에서 상담을 받으란다. 포항으로 갔다. 1개월 정도 잠깐 머물다가 다시 강릉으로 갈 생각이었다. 하지만, 나는 딸과 포항에서 2년 6개월 동안 함께 생활했다. 딸과 처음 생활한 곳은 좁은 원룸이었다. 작은 방에 침대 하나 놓여 있고, 방문을 열면 앉았다 일어서기만 할 수 있는 좁은 공간을 차지한 부엌이 현관과 연결되어 있었다. 딸이 늦게까지 공부하느라 불이 켜져 있을 때가 많았지만, 나는 그 상황에서도 잠을 잘 잤다. 원룸과 가까운 도로변에 산이 삥 둘러 있었다. 커다란 공원도 있었다. 나는 매일 10분 정도 걸어 바다에 가곤 했다. 바닷가 산책길이 잘 만들어져 있었다. 원룸에서 6개월을 생활한 후 2020년 2월, 방 두 개, 거실과 부엌이 따로 있는 투룸으로 거주지를 옮겼다. 바다와 산이 집 가까이에 있었다. 공원도 집 근처에 있어서 산책하기에 참 좋았다. 대학에 다니던 딸이 졸업하자, 2년 6개월 동안의 포항 생활을 정리하고 다시 강릉으로 거주지를 옮겼다. 나는 포항에서 계속 지내기를 원했지만, 아들과 딸은 나와 생각이 달랐다. 혼자 너무 멀리 떨어져 있게 되어 걱정된다고 아들이 있는 강릉에서 지내기를 원했다. 나는 내가 암 회복 중인 상황이라는 것을 잊어가고 있었다. 나는 지금 제주도에서 생활하고 있다.

서울 한 지역에서 오랜 세월 동안 살아왔기에 거주지를 옮겨 다닐 때마다 긴장과 두려움이 밀려오곤 했다. 그럴 때마다 익숙하지 않은 주변 환경에 적응하려고 걷고 또 걸었다. 매일 동네 거리, 주변에 있는 산, 바닷가를 걸었다. 상황이 주어지는 대로 강릉, 제주도, 포항, 다시 강릉, 제주도로 옮겨 다녔다. 걸을 수 있는 두 다리가 있다는 것이 정말 감사했다. 걸어갈 수 있는 곳, 버스를 타고 갈 수 있는 산과 들, 바다, 계곡, 크고 작은 공원들을 찾아다녔다. 새로운 장소를 찾아다니는 용기도 커졌다. 늘 당연하게 있던 자리를 떠나, 익숙하지 않은 환경에 적응해 가는 힘이 나날이 강해지고 있다. 이제 두려움과 긴장을 기대와 도전으로 바꾸어 간다.

남편과 거리 두기

 1985년 5월 15일, 그 당시 스승의 날로 불리던 날, 제주도에서 남편을 처음 만났다. 남편과 나는 대학생이었고, 서로 다른 대학교의 3학년 학생으로 수학여행을 갔었다. 스승의 날 교수님을 축하해 드리기 위해 호텔디스코텍에 갔다가 그곳에서 단체 미팅으로 만나게 된 것이 결혼으로 이어졌다. 나와는 너무 다른 남편의 생활 습관과 말이 충돌하는 일은 일상이었다. 알콩달콩 예쁜 가정을 꾸려갈 것을 기대하며 시작한 결혼 생활이었다. 신혼 때, 잦은 회식으로 밤늦게까지 들어오지 않는 남편을 기다리며, 큰아이를 등에 업고 동네 놀이터에서 배회하던 일. 새벽까지 연락 없는 남편을 기다리다 꼬박 밤을 지새우던 내 모습이 떠오른다. 집안의 무엇을 결정하든지 남편의 생각과 상황이 우선이었다. 내가 너무 어리숙하고, 세상 돌아가는 것에 거의 관심이나 아는 것이 없었음도 한 몫 했으리라. 자정이 지났음에도 불구하고 집안에서 세탁기 소리, 설거지 소리, 텔레비전 소리가 들리는 것은 남편에게 당연했다. 나와 자녀들은 그 불편함을 고스란히 받았다. 남편도 매번 불편하다고 말하는 나 때문에 힘들어했다. 우리 부부는 그렇게 타협점을 찾지 못하며 살아왔다.

이제 나는 독립했다. 나와 너무도 다른 가치관과 생활 방식으로 살아가는 남편 곁에서 떨어져 나왔다. 이제, 싱크대에 물방울이 있어도 괜찮다. 세탁기는 밤늦게 돌리지 않는다. 거실 가득 쌓아 놓은 상자와 물건도 없다. 텔레비전 소리가 시끄럽다고, 좀 줄여달라고, 밤마다 애타게 부탁하지 않아도 된다. 빨래를 반듯하게 정리하지 않았다는, 짜증 섞인 말을 듣지 않아도 된다. 담배 냄새도 없다. 남편과 우연한 별거가 시작됐다. 나에게는 암 수술이 기회가 됐다. 남편의 간섭없이 새로운 인생을 도전할 기회가 된 것이다.

폐암 수술 전까지, 남편과 나는 여느 보통 부부들처럼 한 번도 떨어져서 살아 본 적이 없다. 가치관이 너무도 달라서였을까, 서로 대화를 할 줄 몰라서였을까, 우리 부부는 대화를 못 했다. 직장에서 돌아오면 집에서 벌어지는 실랑이는 항상 똑같았다. "텔레비전 소리 좀 줄여줄래요." "세탁기 돌아가는 소리 때문에 잠을 못 자겠어요. 아침에 돌리면 안 돼요? 지금 자정인데 다른 집에서 방해된다고요." "담배 연기, 밖에서 좀 피우고 들어 와줘요." 이런 나의 하소연에는 항상 무반응이거나 오히려 짜증과 화가 돌아왔다. 좁은 집 안에서, 텔레비전을 크게 틀어 놓고 시청하려는 남편과, 잠을 자야만 하는 모녀. 밤마다 펼쳐지는 장면이었다. 나는 그저 그대로 참고 견뎌내기를 반복해 왔다. 남편이 하는 말과 행동에 긴장하고 숨다시피 피하면서 바둥댔다. 이제 다시 그 상황으로 돌아가고 싶지 않다. 아들과 딸이 다 성장하여 서울 집에 함께 있지 않았기에 가능한 일이었다. 운이 좋았다.

집을 떠나 있는 것이 처음에는 무언가 잘못된 듯 불안했다. 남편을 버렸다는 죄책감이 들기도 했다. 남편이 걱정되었다. '다시 돌아가야 하나'라는 아슬아슬한 마음도 있었다. 이러한 마음을 하나하나 어루만지며 온 시간이 벌써 4년이 되었다.

"그래도 남편이 혼자 밥을 잘 챙겨 먹을 수 있을까? 여자가 있어야지." 어느 지인분이 이렇게 말씀하실 때, 내 마음이 불편했다. 내 상황을 전혀 공감하지 못한 말이었기 때문이다. "집에 오면 사람이 아무도 없는데 살맛이 나겠니?" 남편이 이런 말을 할 때, 나는 남편이 얄미웠다. 그런 사람들의 시선, 남편의 조바심과 투정에 휘둘리지 않기 위해 강해져야 했다. 4년이 지난 지금, 나는 남편에게서 벗어났다. 이제 나는 나다. 남편도 이제 편안할 것이다. 싱크대에 물방울 남길 사람도 없고, 밤늦게 세탁기를 돌려도 잠 못 잔다고 말하는 사람도 없고, 텔레비전을 크게 틀어도 줄여달라고 귀찮게 하는 사람도 없으니 말이다. 남편과 우연한 별거가 4년째인 요즘 친구들은 말한다. "상수처럼 이렇게 남편과 떨어져 생활하는 시간도 정말 필요해. 나도 하고 싶다."

하지만 내 꿈은 남편과 알콩달콩 사는 것이다.

몸은 거리를 두고 있지만, 마음을 가까이 하는 방법을 찾는다.

남편도 나로인해 속상하고, 마음 아픈 일들이 얼마나 많았으랴!

부족해도 괜찮아

　　남편과 나는 맞벌이 부부다. 둘째 아이가 태어났을 때, 나는 휴직을 했다. 휴직 기간, 남편이 주는 생활비가 너무도 적어서 먹을 것이 없었다는 일기를 쓸 정도였다. 남편도 적은 월급으로 아파트 할부금 내고 관리비와 여러 가지 세금을 감당했으니 그럴 만도 했으리라. 1년 4개월의 휴직이 끝난 후, 복직하면서 내 월급은 내가 관리했다. 남편은 자녀들에게 들어가는 모든 비용에 눈을 감은 듯했다. 남편은 아이들에게 무엇이 필요한지 알려고도 하지 않는 듯했다. 말하면 오히려 인상을 쓰며 큰 소리로 화를 냈다. 남편에게서 나오는 말은 늘 같았다. "돈이 어디 있니? 정신이 있니?" 자녀들 학원비, 문화비, 의복비, 식비, 도서비. 아들이 해외로 수학여행을 갈 때 드는 경비에 대하여 남편은 전혀 알려고도 하지 않는 듯 보였다. 자녀들이 성장해 갈 수록 들어가는 경제적인 비용은 기하급수적으로 늘어갔다. 나는 교원공제회에서 융자를 얻고 또 얻었다. 2008년 뇌종양 수술을 하고 1년 휴직했을 때, 그때 처음으로 남편에게 생활비를 부탁했다. 남편은 생활비를 보태주었다. 꿈만 같았다. 하지만 그 기간만이었다. 나는 남편의 생활에 대하여 잘 모른다. 나는 늘 남편을 기대하며 살아왔다. 친정에 갈 때도, 자녀들을 위해서도, 나를 위해서도, 언젠가는 무언가 해줄 거라고 기대하는 마음을 놓지 않았다. 남편은 내가 폐암으로 폐 절제 수술을 하고 병원에 입원했을 때도, 병원비 지출 때문에 불편해했다. 나는 남편이 병원비 걱정보다 내 건강을 염려해 주길 바랐다. '도대체 나는 누구와 함께 살아왔는가?'라는 탄식이 내 몸 전체에서 울렸다. 아마도 나는 남편에게 기대한 것이 너무도 많았기에 실망도 컸나 보다.

나는 남편이 나에게 표현하는 강하고 거친 말투와 말, 행동을 받아들이기 힘들 때가 너무 많다. 남편이 나에게 어떤 말을 하든지, 담담한 모습으로 반응하는 힘이 필요하다. 앞으로 내가 키워야 할 힘 중 하나다. 이제 나는 남편에게 경제적인 기대를 하지 않는다. 미움도 원망도 없다. 그 기대를 버렸다.

홀로서기

　나는 3남 3녀 중에서 둘째 딸로 태어났다. 첫째 오빠가 젊은 나이에 사고로 세상을 떠나면서 2남 3녀가 됐다. 그때부터 나는 형제 중 가운데에 자리했다. 오빠, 언니, 나, 여동생, 남동생 이렇게 5남매가 되었다. 충청남도 당진시 면 소재지 시골이다. 할머니, 할아버지, 어머니, 아버지, 삼촌, 고모, 큰오빠, 작은오빠, 언니, 여동생, 남동생 이렇게 대가족이 살았다, 내가 초등학교 3학년 때 할아버지가 세상을 떠나셨다. 초등학교 6학년 때, 첫째 오빠가 사고로 세상을 떠난 후, 우리 집에는 대전환이 일어났다. 내가 중학교 1학년 때, 여동생과 남동생, 고모, 할머니, 작은오빠는 서울로 떠났다. 1년 후, 언니는 천안에 있는 고등학교에 진학했다. 막내 삼촌은 그 전에 서울로 올라갔다. 시골집에는 부모님과 나만 남았다. 다 성장한 아들을 잃은 비통한 슬픔을 안고 하루하루 살아가시는 부모님. 나에게 어린아이와도 같았다. 어머니 아버지는 첫째 오빠를 잃은 슬픔으로 몹시 힘겨워하셨다. 동시에, 당신의 어린 아들과 딸을 멀리 서울로 유학 보내셨으니, 하루하루를 한숨으로 지내셨다. 아버지는 비가 와서 일을 못 하시는 날에는 술을 드셨다. 나는 부모님 마음을 살피며 위로해 드릴 만한 일들을 찾았다. 청소, 빨래, 먼지 털기, 소풀 먹이기, 밥상 차리기, 공부 등을 열심히 했다. 그러다가, 나도 고등학생 때, 동생들이 있는 서울로 전학을 갔다. 형제들과 떨어져 지낸 시간이 그리 오랜 기간도 아니었는데, 나는 형제들이 어색했다. 언니는 나와 두 살 차이라서 그런지, 나에게 보다는 어린 동생들에게 살갑게 잘했다. 그래서였을까? 나는 외로움을 많이 느꼈다.

나는 대학교 3학년 때, 남편을 만났다. 처음에는 거리를 두었지만, 말없이 나를 챙겨주는 남편에게 의지하기 시작했다. 말없이 챙겨주는 모습, 부모님의 모든 말씀에 순종하는 모습을 보며, 의리 있는 남자라고 생각했다. 나는 결혼 후에도 남편이 많은 것을 다 감당해 줄 거라고 믿고 의지하는 삶을 살았다. 자녀들이 태어나면서부터는 어린 자녀들에게 마음을 쏟았다. 남편과 갈등이 심해지면서, 나는 자녀들에게 더 마음을 의지했다. 나는 폐암 수술 후 남편 곁을 떠났지만, 자녀들의 도움을 받으며 자녀들에게 의지했다. 퇴원 후 바로 강릉에서 아들과 함께 지냈다. 포항에서는 딸과 함께 생활했다. 다시 강릉으로 생활 터전을 옮겼을 때, 아들과 같은 집에서는 생활하지 않았지만, 강릉이라는 도시 안에서 아들과 가까운 곳에서 살았다. 지금 나는 제주도에서 나 혼자 생활하고 있다. 처음에는 아무도 없는 집에서 혼자 지내는 것이 너무도 힘들었다. 하지만 남편, 자녀들에게 의지하지 않고 홀로서고 있다. 2023년 1월, 제주도로 왔다. 혼자 스스로 강한 내가 되고 싶어서다. 살 방을 구하고, 다닐 직장을 찾았다. 한 번에 된 일은 하나도 없다. 제주도에서 생활할 때 필요한 짐을 승용차에 꽉꽉 채웠다. 배를 타고 제주도에 입도했다. 제주도 월세방에 짐 정리도 혼자 했다. 이런 도전은 처음이

다. 두렵기도 하고 긴장되기도 했다. 내 마음을 다독이며 차근차근히 해냈다.

부모님으로부터 독립 후, 남편으로부터, 자녀들로부터 독립을 준비한다. 나 스스로 홀로서기가 될 때, 자녀들도 나로부터 자유롭게될 것이다. 내가 홀로서기를 하는 동안 나는 남편에게 더 관대하게대하는 힘이 생겼다. 늘 누군가에게 의지하면서 살아온 나다. 홀로서기가 몹시도 힘든 과정이지만, 폐암 수술 후 나는 그 힘을 키운다. 도서관 가기, 음악회 관람, 산책하기, 일자리 구해서 성실하게일하기, 글쓰기, 수영 배우기, 혼자 요가 스트레칭을 하기, 새벽 예배. 홀로서기 하며 넓은 세상을 누린다.

나를 응원한다

    어렸을 때부터 나는 누군가로부터 인정받기를 원했다. 성장기까지는 부모, 학교 선생님, 동네 어른들, 친구들, 친척들로부터 칭찬을 듣고 싶었다. 나는 그 사람들이 좋아하거나 좋게 볼 수 있는 일들을 찾아서 했다. 성인이 되면서부터는 남편, 직장에 있는 사람들, 형제들, 교회 사람들이 그 대상이었다. 특히, 초등학교에 근무하면서 가장 인정받고 싶은 대상은 학생들과 학부모님들이었다. 나는 일에 더욱 집착했다. 내 생활, 건강, 마음을 지키는 일은 소홀히 했다. 이제 나는 그 인정받고자 하는 욕심을 내려놓았다. 연말이나 크리스마스 때, 전 교직원 분께 초콜릿을 선물로 드리던 것, 학급 학생들에게 개인 돈으로 캠핑을 해주던 일, 수업에 필요한 더 좋은 자료를 준비하기 위해, 퇴근 시간이 지났는데도 남아서 일하던 것. 내 건강이 감당하지 못할 일을 하겠다고 나섰던 일들이다.

    누구에게 인정받는 것보다 더 소중한 것을 찾았다. 나 자신 내 모습 그대로다. 누구에게 인정받지 않아도 나는 나임을 알았다. 이제 나는 내 건강과 삶을 먼저 돌본다. 내가 할 수 있는 만큼의 일만 한다. 주어진 시간과 여건 속에서 내가 할 수 있는 만큼 정성을 다한다. 진실한 마음과 행동으로 사람들을 대한다. 나는 나를 인정하고 칭찬해 준다. 매일 매일 살아가는 모습이 기특해서 토닥이며 위로하고 칭찬한다. 나를 더욱 나 되게 세워 가는 가장 정직한 힘이다.

두려워하지 말자

　나는 두려움이 참 많은 사람이었다. 항상 누군가에게 의지해 살아가려고만 했다. 청년의 때를 지나서, 그 누군가는 남편이었다. 남편과 힘들어지기 시작하고부터는 자녀들이 내 두려움을 덮어 줄 수 있는 대상이었다. 결혼 전에는 남편을 떠올리면 포근하고 두려움이 사라졌었는데, 결혼 후, 자녀들이 성장하면서 자녀들이 그 역할을 해주었다. 동료들과 대화를 하다가도 무언가 잘못 말한 것 같은 마음에 두려워하고 위축됐다. 물건을 사러 옷 가게에 들어갔을 때, 점원이 불친절하면 말을 이어가지 못했다. 어떻게 말해야 점원으로부터 상냥한 말투를 들을까 하는 긴장감이 있었다. 음식점에 갔을 때도 마찬가지였다. 이렇게 모든 곳에서 사람들과 대면하여 대화할 때, 나는 항상 상대방의 반응이 어떠할지 몰라 긴장했다. 자녀들이 성장하고 자녀들과 대화할 때도 소통이 잘 안될까 봐 긴장하곤 했다.

　폐암 수술을 하고 나서 60살이 되어가는 지금, 나는 그러한 모든 두려움에서 벗어났다. 남편이나 자녀들을 의지할 수 있어서가 아니다. 동료들이 나에게 항상 친절하게 반응해서도 아니다. 음식점이나 옷 가게 등에서 점원들이 친절해서도 아니다. 암이 가져다준 두려움이 어느 것보다 가장 큰 두려움이었다. 그 큰 두려움에 눌려, 겁먹은 상태로 불안해하며 주저앉을 것인지, 한 걸음이라도 나아질 수 있는 길을 찾아 나설 것인지 선택해야 했을 때, 나는 후자를 선택했다. 그러면서 덩치 큰 두려움의 대상이 허상이라는 것을 알았다. 이제, 학부모와 대화가 잘 이루어지지 않아 갈등이 생겨도 두렵지 않다. 남편으로부터 따스한 말을 듣지 않아도 그렇다. 자녀들과 소통이 잘 안되어도 그저 그런가 보다 하고 지나간다. 나와 대면하게 되는 사람들의 굳은 표정에도 긴장하지 않는다. 두려움으로 다가왔던 모든 것들이 내 탓이 아닌 것이 많음을 알아차리고 나서부터다. 마음을 지킬 힘이 생긴 것이다. 모든 이에게 사랑받고, 인정받고, 칭찬받고 싶어 했던, 내 욕심을 내려놓고 나서부터 찾은 내 모습이다.

폐암은 이렇게 내 생각을 바꾸었다. 이제는 내 힘을 아무 곳에나 낭비하지 않는다. 눈치를 살피며 두려워하는 감정에 소비하지 않는다. 이제 나는 두려움으로부터 당당하다. 제주도에서 생활하는 것도 두려움을 물리쳤기 때문이다. 아무것도 알 수 없는 내일을 걱정하며 두려워하지 않기로 했다. 고통스럽고 감당하기 힘든 일을 감사와 기쁨으로 맞이한다. 하루하루가 선물이다. 두려움이라는 마음 때문에 이 선물을 잃고 싶지 않다. 모든 이들로부터 사랑받으려는 욕심 때문에 생기는 두려움을 버렸다. 욕심이 아닌 감사로 그 자리를 채우니, 두렵지 않다.

비워도 돼

2023년부터 제주도에서 살기 위해 강릉집에서 짐을 정리하던 때 일이다. 암 수술 후, 벌써 10번째 이사를 위한 짐을 정리하고 있었다. 수술 후, 바로 서울에서 강릉으로 내려오기 위한 짐은, 내가 병원에 입원해 있는 동안 딸이 여행 가방에 정리해 주었다. 커다란 여행 가방 두 개가 전부였다. 아들이 강릉으로 실어 다 주었다. 두 번째 거주지를 제주도 열방대학 기숙사로 옮기게 되었을 때, 짐이 처음보다 더 늘어나 있었다. 늘어난 것은 옷이었다. 커다란 여행용 가방에 급한 짐만 챙겨 비행기에 싣고 왔다. 나머지 짐은 상자에 정리하여 택배로 받았다. 열방대학 기숙사 방 하나에 2층 침대 두 세트가 놓여 있었고, 그곳에서 4명이 함께 생활했다. 개인 옷장에 몇 가지의 옷을 걸어 놓고, 그 외에는 침대 빈자리에 끼워 넣은 짐이 내가 가진 전부였다.

기숙사를 떠나, 세 번째 거주지인 제주도 한 달 살기 숙소로의 이동은 기내용 작은 여행 가방에 넣어 여러 번에 걸쳐 옮겼다. 걸어서 30분 정도 걸리는 거리인 데다 딱히 차도 없었기에 끌고 갔다. 누군가가 차로 실어다 준다고 했지만, 그냥 혼자 조금씩 옮기는 재미를 느끼고 싶었다. 이렇게 짐을 싸고 풀고를 4년 동안 9번을 했다. 포항에서 2년 동안 3번의 거주지를 옮기면서, 책, 요리도구들, 요리용 가전제품과 식기류들, 그리고 이불들이 많이 늘어났다. 다시 강릉으로 짐을 옮겨야 할 때는 늘어난 짐 때문에 너무 복잡하고도 힘들었다. 쏘렌토 자가용에 다 넣어야 했기에 줄이고 또 줄였지만, 트렁크, 뒤 의자, 조수석까지 꽉 차서 운전할 때 옆과 뒤가 잘 보이지 않았다. 당근마켓에 나눔도 많이 하고, 버리기도 했는데 그랬다.

강릉에서 거주하게 될 방을 구하는 동안, 임시로 망상해수욕장 근처에서 한 달 살기를 했다. 한 달 살기 방은 침대 하나 딱 놓인 자리만 있을 정도로 너무도 좁았다. 그래서 그 많은 짐을 좁은 화장실에 쌓아 놓았다. 한 달 살기를 마치고, 1년 동안 강릉에 있는 작은 아파트에서 거주했다. 그리고, 2023년 1월, 다시 제주도로 거주지를 옮겼다. 승용차에 짐을 싣고 배를 타고 이동해야 해서 짐을 줄여야 했다. 새 책들, 쓸만한 자잘한 물건들을 교회 재활용 가게에 갖다 놓았다. 깨끗한 가전제품들은 당근마켓에 나눔으로 아들이 올려줬다. 이불, 옷도 꼭 필요한 것만 챙겼다. 짐을 줄이는 것이 참 복잡하고 힘들었다.

결혼 후, 옷과 부엌 그릇, 조리도구들도 많아졌고, 책 장에는 20년이 넘는 세월 동안 구매한 책들이 안방 벽을 가득 메우고 있었다. 몇 년 동안 한 번도 사용하지 않은 물건들도 참 많았다. 폐암 수술후, 짐을 줄여나갔다. 서울에 남기고 온 짐들은 가끔 서울에 올라갈 때마다 나눔을 하거나 재활용품 수거함에 넣었다. 책장에 있던 책들을 중고 서점에 팔았다. 낡은 책들은 종 이류 재활용품 수거함에 넣었다. 넓은 공간을 차지하고 있던 책장 하나도 시조카에게 주었다. 이러한 물건들을 정리하는 일은 쉬운 일이 아니었다. 잠깐씩 서울에 올라가 있는 동안에 남편을 설득해야 했다. 많은 물건을 거실에까지 늘어놓고 쌓아 놓기를 좋아하는 남편이었다. 아무리 오래되고, 사용하지 않는 물건이라도 버리는 것을 전혀 용납하지 않는 남편이었기에, 자녀들이 사용하던 책장, 옷장을 다른 사람에게 주기 위해 설득하는 일이 가장 힘들었다. 그렇게 3년여에 걸쳐서 서울에 있던 내 물건들과 아들딸의 물건들을 집에서 다 치웠다.

이제 나에게 남은 것은 이불, 몇 권의 책, 노트북, 계절 별 약간의 옷들, 좋아하는 악기 플루트, 신발 몇 켤레, 그릇 몇 개다. 짐을 줄일 때마다 인생의 짐을 덜어 놓는 것처럼 홀가분하다. 한 주거지에서 사용했던 물건들은 그 장소에서 나눔으로 내어놓아야겠다고 마음을 먹었다. 새로운 거주지에서 필요한 것들을 소박하게 준비하는 재미도 느끼며 살기로 한다. 물건, 장소, 일터 등 무엇이든지 그저 잠깐 내가 거처 지나가는 것이라는 생각이다. 그래서 이제는 움켜쥐는 것을 하지 않으려 한다.

"엄마, 제주도에 가면 요리 안 해 먹을 거야?! 다 나누어 줬어?"
딸이 웃으며 하는 말이다. 비우다 보니 필요한 것들도 내어놓게 되는 일이 생겨서 그 순간 아쉽기도 했지만, 누군가는 기뻐할 것을 생각하면 '좋은 일을 했구나!' 하는 생각으로 아쉬운 마음을 채운다. 요즘은 내가 이 세상을 언제 떠날지 모른다는 것을 자주 되새기며 매일 매일 비우면서 살려는 마음을 갖는다. 강릉에서 제주도로 오기 전에 직장 동료들에게도 나누어 주었다. 많이 사서 쌓아 놓았던 얼굴 팩, 건강 다이제스트 잡지사에서 인터뷰에 응해주어서 고맙다고 주신 건강 버섯 차, 집에 있던 사과, 남편이 보내준 귤을 가지고 가서 나누어 주었다. 아들이 사다 준 제주도 귤 초콜릿도 나누어 먹었다. 나눌 기회가 있어 감사하다.

당당해도 돼

　쑥스럽고 수줍어하던 모습은 사실 수치심 때문이었다. 성장하면서 예쁘다는 소리도, 똑똑하다는 칭찬도 가족들에게 잘 듣지 못했다. 어쩌면 전혀 듣지 못했을 것이다. 하지만, 초등학교 고학년 때부터 고등학생 때까지 담임 선생님과 친구들로부터 칭찬과 인정을 받았다. 나는 어린 시절 부모님과 오빠 두 명, 언니, 남동생, 여동생, 장애인 삼촌과 할머니, 할아버지, 고모 그리고 또 다른 삼촌과 함께 살았다. 걷지 못하고 늘 기어다니던 정신지체장애였던 삼촌을 나는 늘 안쓰러워했다. 언니는 똑똑했다. 친척과 다른 동네 사람들, 학교 모든 선생님으로부터 늘 똑똑하다고 칭찬받곤 했다. 언니는 늘 당당한 모습이었다. 여동생은 셋째딸로 귀엽고 예쁜 아이, 언니는 똑똑한 것으로 인정받았고, 나는 간혹 일 잘한다는 말을 들었을 뿐이다. 그래서였을까? 어려서부터 가족들과 친척들 앞에서 자신 없는 모습이었다. 수줍어하고 말도 잘하지 못했다. 말이 없는 아이였다. 나에게 아버지는 엄한 분이셨기에 아버지와 대화도 잘하지 못했다. 다른 형제들은 하고 싶은 말들을 당당하게 잘했다. 어머니, 언니와의 대화도 별로 없었다. 누군가와 대화하는 것이 두렵고 긴장되기도 하며 무서웠다. 사람들 앞에 서면 창피하고 위축됐다.

또 나에게서 말하는 것을 빼앗아 간 큰일은 결혼이다. 행복을 꿈꾸던 신혼생활부터 시작된 남편과의 갈등이다. 남편과 인격적으로 대화가 이루어지지 않았다. 나는 사람들 앞에서 내 존재감을 잃어갔다. 내 자존감은 구겨졌다. 이러한 부부관계를 다 알고 있는 형제들을 만나는 자리에서 나는 더 의기소침해졌다. 아버지와 친근하게 지냈던 언니와 여동생은 자신들의 남편과도 그렇게 당당하고 친근하게 잘 지내는 모습이었다. 아버지 앞에서 늘 긴장하면서, 모든 일을 잘하려고 애썼던 나는 남편 앞에서도 같은 모습을 하고 있었다. 남편 앞에서 당당한 모습을 갖기 위해 전신 마사지도 받았다. 멋진 옷과 구두도 사 신었다. 비싼 돈을 투자하여 머리 염색과 파마도 했다. 하지만 위축된 마음은 펴지지 않았다. 다른 사람들이 볼 때 겉모습은 너무도 당당하고 자신감 넘치는 모습이었을 거다.

직장생활을 하면서 자녀를 돌보다 보니 낮에 간식 한 번 제대로 챙겨주지도 못했다. 자녀들이 아플 때 곁에 있어 주지도, 자녀들 참관수업 때 참여하지도, 자녀들 손잡고 다니며 많은 이야기를 들어주지도 못했다. 어린 자녀들만 친척 집에 남겨 놓고 연수를 가기도 하고, 학교 학생들과 며칠씩 수학여행을 다녀오기도 했다. 이러한 모든 일은 나를 늘 죄책감에 빠뜨렸다.

암 수술 후, 이런 죄책감으로 갇혀 있던 나를 바꾸었다. 새롭게 태어났다고 생각했다. 다시 시작하기로 했다. 수치심도 죄책감도 다 지워버리기로 했다. 그렇게 결정하고 나니 마지막 삶을 향한 진정한 힘이 생기기 시작했다. 쓸데없는 생각들이 나를 망가지게 하는 것을 용납하지 않기로 했다. 이제 당당하게 살아간다. 나에게 더 활짝 열린 마음으로 내 삶을 살아간다. 이제 누구 앞에서든 나는 당당하다. 내 생각을 말하고 내 의지를 말한다. 수줍어하지도 죄책감으로 엎드리지도 않는다.

그대로 괜찮아

위키백과'에서 '나르시시즘 또는 자기애는 정신분석 학적 용어로, 자기 외모, 능력과 같은 어떠한 이유를 들어 지나치게 자기 자신이 뛰어나다고 믿거나 아니면 자기 중심성 성격 또는 행동을 말한다.'라고 정의하고 있다. 나는 자기애에 빠져서 살아왔다. 부모님이나 형제들이 나에게 관심을 보여주지 않으면 외로움에 젖어 들곤 했다. 남편을 만나서 결혼을 한 후에는 남편과 함께 어느 곳에 가든지, 내가 주인공이 되어야 했다. 주인공처럼 내 생각과 내 모습이 주목받기를 바라는 마음이 가득했다. 내 생각과 다르거나 내가 한 말에 호응이 없으면 마치 버림당한 느낌이었다. 나 자신에게 스스로 왜곡된 사랑을 했기에, 다른 사람들의 상황이나 삶에 대하여 공감할 힘이 없는 마음 상태였다고나 할까? 어쩌면 나의 강한 자기애로 인하여 남편의 상황을 이해하는 힘이 부족했었다는 생각도 한다.

폐암 수술 후, 새로운 삶을 도전하며 5년을 보냈다. 이제 나이 60살이 되어가니 자기애가 조금은 줄어든 느낌이다. 암이라는 나의 상황은 이제껏 공감하지 못했던 암 환자들의 아픔과 두려움을 공감하게 했다. 나에게 집중되던 마음이 다른 사람들에게 향했다. 나는 사랑을 많이 주는 사람이라는 말을 많이 들어 왔는데, 어찌 된 일일까? 그 마음이 그동안 거짓이었던 것일까? 그건 아닐 것이다. 내가 누군가를 사랑하고, 배려해 주고, 많은 도움을 주었지만, 어쩌면 그 모든 행동이 나를 사랑해 주기를 바라는 마음으로 움직였는지 모른다. 나에게 더 관심 가져 주기를 바라는 마음으로, 더 힘들게 많은 일을 하고 사랑을 베풀어 왔었다.

이제, 누구와 만남을 약속했는데 취소되어도, 공동체 안에서 내 칭찬이 오가지 않아도 마음이 공허하지 않다. 내가 실수한 것을 말해주어도, 절망하거나 그 사람을 미워하지 않는다. 다른 누구 때문에 내 계획대로 되지 않아도 원망하지 않는다. 예전에 가졌던 나에 대한 왜곡된 사랑이 다 버려지고 있다. 비워진 자리에는 타인의 삶을 이해하려는 마음으로 채운다. 나르시시즘이 지워져 가고 이타심이 내 마음에 쌓여 가고 있다. 건강을 잃고 나서, 나는 다른 이들의 삶을 더 소중하게 바라본다. 내 방식과 내 삶을 기준으로 삼아 생각하거나 판단하지 않는다. 자기 애착으로부터 독립했다.

잃은 것보다

2022년 11월 5일(토)에 쓴 일기다.

폐암 수술을 하고 벌써 5년째가 되어간다. 하루하루를 보내면서 언제 시간이 흘러 5년이 지날까 손꼽아 기다리곤 했었다. 하루에 몇 시간씩 산책하기도 하고, 산에서 몇 시간씩 걷기도 했다. 아무도 없는 산을 걸을 때는 무서움도 다가왔지만, 그깟 무서움쯤이야 아무것도 아닌 것으로 되기도 했다. 바닷가를 걷고, 강릉 강문해변부터 주문진 해변 쪽으로 무작정 걷기도 했다. 자연이 아름다운 곳은 여기저기 탐험가처럼 찾아다니며 걸었다. 산, 바닷가, 공원 등. 태어나서부터 암 수술하기 전 56세에 이르기까지 걸었던 것보다, 암 수술 후, 4년 동안 더 많이 걸었을 것이다. 자연을 바라보며 누린 시간도 그렇다. 다른 사람들을 바라보며 그들의 삶에 대하여 생각하는 시간을 가졌던 것도 그렇다. 우리 가족에 대하여 더 깊은 사랑으로 생각하기 시작한 것도 그렇다. 50년 넘는 세월 동안 경험한 것보다, 4년 동안 더 많은 것을 생각하고 누렸다. 자녀들과의 시간도 그렇다. 직장에 다니는 엄마로서 자녀들과 낮에 함께 있어 준 시간이 방학 때 잠깐씩 빼고는 거의 없었다. 하지만 폐암 수술 후, 곧바로 아들과 강릉에서 몇 개월을 함께 보냈다. 아들과 커피숍도 가고, 맛있는 음식을 먹으러 예쁜 음식점에도 갔다. 산책도 했다. 새벽에 아들과 함께 성경책을 읽고 말씀을 묵상하기도 하고, 아들이 요리해 준 영양가 있는 음식을 먹기도 했다. 아들이 힘들어하는 모습도, 슬퍼하는 몸부림도 보았다. 아침에 출근하는 아들이 골라 입는 옷에 대한 내 생각을 말해주기도 했다. 점심시간에 잠깐 외출해서 집에 혼자 있는 나에게 피자를 건네주고 가는 아들의 따뜻한 모습도 보았다.

포항에서 딸과의 시간을 보내며, 딸의 힘든 시간을 함께 보낼 수 있었다. 아픈 마음을 같이 아파하며 안아줄 수 있는 시간도 있었다. 딸과 함께 예쁜 카페, 맛있는 음식집을 찾아다녔다. 딸을 기다리며 정성껏 요리도 했다. 이렇게 함께 할 수 있는 시간으로 인해 우리는 더욱더 서로를 알아갔다. 얼마 전, 딸은 강릉에 왔다 갔다. 강릉에서 함께 보내는 일주일 넘는 시간 동안, 딸은 나에게 하루 3끼 맛있는 요리를 해주었다. 딸이 이렇게 요리를 잘하는 줄을 이제야 알게 되었다. 뚝딱뚝딱 소리가 나면 딸의 요리가 등장한다. 신기하다.

"엄마. 엄마랑 같이 있는 동안 내가 세끼 다 요리해 줄 테니까, 엄마는 아무것도 하려고 하지 마.!" 이렇게 말하며 아침 햇살처럼 밝은 모습으로 나를 위해 요리하는 딸을 보았다. 포항에서의 그 아픔을 다 이겨내고, 이제 또다시 밀려오는 시련들도 이겨내는 힘을 길러가는 딸, 아름다운 여성으로 성숙해 가는 딸을 본다.

"엄마, 하고 싶은 대로 하면 돼요." 아들은 늘 나를 믿어 주며 이렇게 말해준다.

아들은 유기견 두 마리를 데려다 돌보는데, 나는 아들이 돌보는 그 두 마리의 강아지들과 함께 지내는 동안 어떻게 하는 것이 생명을 사랑하는 것인지 배웠다. 지지해 주고, 위로해 주고, 안아주고, 기뻐해 준다. 폐암 수술 후, 나는 아들딸이 주는 이런 사랑을 누리며 지내고 있다. 남편에 대한 마음도 달라졌다. 남편을 향한 미움도 원망도 버렸다. 폐암은 나를 더 겸손한 자로 살아가게 하고, 더 자유하고 풍성한 마음을 갖게 해준다. 이것이 공평한 것이라고 하는 걸까? 잃은 것 같지만 얻은 것이 더 많다.

3장 제주도로 떠나다

제주도로 떠나다

한 달 살기 방을 구하기 전에, 미리 두 번의 제주도 방문을 통하여 살펴본 결과, 강릉과는 달리, 방 구하는 일이 쉽지 않았다. 온라인상에 싼 가격에 올라온 방은 사진상으로는 깨끗하고 괜찮아 보이지만, 직접 가보면 너무도 허름했다. 어쩔 수 없이 지인에게 소개받았던, 너무 좁아서 싫다고 거절했던, 오피스텔 방을 선택했다. 함덕해수욕장 주변이라 밤에 산책할 때 어둡지도 않았다. 좁지만 호텔식이어서 쾌적했다. 짐은 승용차에 실어서 배편으로 가지고 가기로 했다. 배를 타러 가려면 남해안 고흥으로 가야 했다. 강릉에서 고흥까지는 승용차로 5시간 이상 걸린다. 나는 장거리 운전을 해본 적이 없었다. 하루 동안 혼자 운전해 가기에는 너무 지칠 것 같았다. 중간중간 지인 집에서 묵어가기로 했다.

2023년 1월 6일 밤, 아들이 내 승용차에 짐을 실어 주었다. 1월 7일 토요일, 아침 일찍 일어나 아들이 돌보는 강아지 두 마리를 목욕시켰다. 그리고 집안 이곳저곳을 청소하고 나니 점심때가 되었다. 아들은 아침 일찍 동료 교사 결혼식에 갔기에, 1개월 정도 함께 지냈던 아들 집을 깨끗하게 정리했다. 아들이 있었으면 못 하게 했으리라. 오후 2시가 지나서야 강릉에서 출발했다. 오늘 숙박할 지인 집이 있는 포항으로 향했다.

"엄마, 집 청소도 하고 미소 맑음이 목욕도 시킨 거야? 그냥 놔둬도 되는데, 엄마 힘들게 왜 그랬어! 엄마 괜찮아?" 하루 일정을 마치고 집에 들어간 아들이 전화했다. 지친 몸으로 운전해야 하는 나를 걱정하는 아들의 목소리가 고맙다. 강릉을 떠나 첫째 날, 포항에 있는 목사님 댁에서 자기로 했다. 부부 두 분이 목사님이시다. 여자 목사님께서 나와 딸이 포항에 머무는 동안 우리를 사랑으로 잘 챙겨주셨다. 제주도에 가는 상황을 말씀드리고, 포항에서 하룻밤을 지내려 한다고 했더니, 목사님 사택으로 오라고 하셨다. 3시간 넘게 운전하여 목사님 댁에 도착했다. 미리 준비해 놓으신 맛있는 산나물 비빔밥과 미역국으로 두 분과 함께 저녁 식사를 했다. 따듯한 차도 마셨다. 당연한 것은 없다는 것을 나는 안다. 이렇게 두 분이 반갑게 반겨 주시고, 맛있는 음식을 대접해 주시고, 따뜻한 방에서 편하게 쉴 수 있게 해주시는 일은 당연한 일이 아니었다. 다음 날, 교회에서 예배를 드리고, 성도들이 준비한 맛있는 뷔페로 점심을 먹었다. 식사 후, 교회 '자연학교' 예쁜 찻집에서 차를 마셨다. 여자 목사님과 몇몇 성도님들이 함께 차를 마시며 내 이야기를 들어 주셨다. 1시간 정도 지난 후, 아쉬움을 뒤로 하고 다음 장소인 광양으로 출발했다. 초등학교 고향 친구가 사는 곳이다. 며칠 전, 친구는 내 이야기를 듣고는 반가워하며 와서 하룻밤 자고 떠나라고 말했다. 내가 집에서 묵고 가는 것이 정말 기쁜 일이라고 말해주었다. 포항에서 3시간 넘는 시간을 운전하여 광양 친구 집에 도착했다. 친구는 완전한 진수성찬으로 저녁을 준비해 놓고 기다리고 있었다. 남편 분과 아들은 내가 편하게 저녁 식사를 할 수 있도록 자리를 피해 외출했다고 했다. 친구는 2년 전에도 그랬다. 폐암 수술 후, 포항에서 광양이 가깝게 느껴져서 놀러 온 적이 있었다. 그때도 친구는 나를 지극 정성으로 챙겨주었다. 나는 친구가 차려 준 모든 음식을 1시간 넘도록 천천히 다 먹었다. 고마움의 표시였고 정말 맛있었다. 전복 요리, 굴비 구이, 미역국, 잡곡밥, 야채 샐러드, 과일, 고기, 나물무침. 요리사가 특별히 차려 준 상차림 같았다.

다음 날 1월 9일, 아침 일찍 고흥에서 배를 타야 했기에 새벽에 일어났다. 친구가 새벽예배를 드리러 갈 때 같이 따라나섰다. 친구는 마치 친정엄마처럼 김치를 몇 포기 싸 주었고, 아침에 배 안에서 먹으라며 떡, 과일, 따뜻한 물도 챙겨주었다. 고흥 선착장에 아침 7시쯤 도착하여 배에 차를 실었다. 배를 타고 제주도까지는 3시간 정도 걸렸다. 배 안에는 식당이 있었지만, 라면과 내가 좋아하지 않는 음식들뿐이었다. 친구가 싸 준 간식거리가 있어서 참 고마웠다. 배를 타고 제주도에 다녀온 지인의 충고로, 다인실 방에 자리를 잡아뒀지만, 짐만 살짝 놓아두고 바닷바람을 맞으며 밖에 있었다. 바다 군데군데 아주 작은 섬들이 많이 보였다. 갈매기도 배 주변을 날아다니며 끼룩끼룩 소리를 냈다. 참 아름다웠다.

배가 제주항에 도착했다. 배에서 내리는 차들이 많았기에 1시간쯤 지나서야 배에서 차를 가지고 내렸다. 내 차를 직접 운전하여 한 달간 살 집으로 향했다. 마냥 신기한 생각만 들었다. 꿈꾸고 있는 듯했다. 아들이 챙겨준 짐 나르는 캐리어에 짐을 옮겨 날랐다. 방으로 옮겨 놓고 어느 정도 정리를 마친 후, 함덕해수욕장으로 산책하러 나갔다. 강릉에서 제주도에 오기까지 도움의 손길이 많았다. 나

도 누군가가 내 도움이 필요할 때, 흔쾌히 달려가 손을 내밀어 힘을
보태야지.

제주도에서 1개월 동안 만난 사람

2023년 2월이다. 제주도에 온 지 1개월이 됐다. 2023년 1월 9일, 처음 제주도 땅을 밟은 이후, 많은 사람을 만났다. 첫 번째 만난 사람은 2018년 폐암 수술 후 몸과 마음이 아픈 상태로 열방대학에 왔을 때, 따뜻한 손길로 위로와 도움을 주셨던 제주도 열방대학 간사님이다. 1월 9일 제주도에 도착한 날, 지난 일들이 감사하여 저녁 식사를 대접해 드렸다. 간사님은 맛있는 고깃집이 있다며, 흑돼지 고기 요릿집으로 데리고 갔다. 제주도 흑돼지 고기 요리를 처음으로 시작하신 분이 운영하는 식당이라고 했다. 식당은 허름해 보였는데, 벽에는 온통 상장으로 가득했다. 나이가 지긋하신 할아버지께서 친절하게 맞이해 주셨다. 많은 상장 주인공이신 식당 주인분이셨다. 나는 단백질이 몸에 좋으니 많이 먹어도 된다고, 나 자신을 스스로 위로하며 고소하고 쫄깃쫄깃한 고기를 많이 먹었다. 고기를 냉동으로 포장하여 팔기도 했다. 이 식당에서 식사한 경우에는 50% 할인해 준다면서 간사님은 고기 한 팩을 사주셨다. 낯선 제주도 땅에 도착한 첫 날, 내가 간사님을 대접한 것이 아니었다. 오히려 간사님이 있었기에 홀로 두렵고 울적했던 마음이 든든해졌다.

하루를 보내고 바로 다음 날인 10일 오전, 제주도교육청 홈페이지 구인 구직란 채용 관련 목록에 들어갔다. 초등학교 기간제 교사 채용에 대한 목록을 샅샅이 살피고 있는데, 구좌읍에 있는 초등학교에서 2023년 8월까지 1학기 동안 근무할, 2학년 담임교사를 구하는 것이 보였다. 그 학교에 바로 전화를 걸었다. "안녕하세요. 교육청 홈페이지에서 2학년 담임교사를 구한다는 내용을 보고 연락드렸습니다. 주소가 제주도가 아니어도 지원할 수 있나요?" 긴장하며 대답을 기다렸다. " 네, 주소는 상관없어요. 지원서를 이틀 후에 제출해 주시면 되세요." 답을 듣는 순간 무겁게 누르고 있던 걱정이 조금은 가벼워졌다. 나는 계속 일하고 싶다. 내가 잘할 수 있는 일은 초등학교 학생들을 가르치는 일이다. 제주도에 내려와 잠깐 쉬어도 좋으련만 나는 일을 해야 했다. 딸이 미국 유학 준비를 하고 있었다. 유학을 준비하면서 필요한 생활비와 앞으로 들어가야 할 등록금을 보태주어야 했기 때문이다. 교사자격증과 졸업 증명서 등은 미리 준비되어 있었다. 지원서와 다른 서류들은 새로 작성한 후에 출력해야 했다. 내 노트북에는 워드로 문서를 작성할 수 있는 프로그램이 들어있지 않다. 어떻게 해야 할지 몰라 혼자 고민하는 중에 피시방이 떠올랐다. 집 근처 피시방 이곳저곳에 전화했다. 문서 작업을 할 수 있는 곳이 그리 많지 않았다. 거의 다 게임을 위한 피시방이었다. 문서 작성을 한 후에 출력까지 해야 해서 워드 작성과 인쇄를 할 수 있는 곳을 알아보았다. 집 가까이에는 인쇄되는 피시방이 없었다. 승용차로 20분 정도 거리에 있는 피시방으로 갔다. 게임을 하는 사람들을 피하여 구석진 자리에 앉았다. 피시방만의 독특한 냄새가 어두운 실내에 가득했다. 사람들은 게임에 몰입해 있었다. 피시방 입구에 있는 자리 배정기기에 돈을 넣고, 자리를 배정받았다. 처음 이용하는 피시방이었지만, 어색해하지 않고 자연스럽게 사람들 사이에 앉아 지원서를 작성하고 출력했다. 지원 서류는 이틀 후인 12일 목요일에 제출하기로 했다. 오후 5시 저녁 식사 약속이 있었는데, 약속 시각 전까지 남은 시간 동안 피시방 주변 산책로를 걸었다. 산책했던 길을 나중에 다시 가보니 사라봉 산책로였다. 저녁 식사 약속으로 제주도에서 두 번째로 만나는 사람도, 첫 번째로 만난 지인분과 같은 때에 같은 기독교 공동체 안에서 만나 도움을 받은 간사님이다. 간사님은 맛있는 쌈밥집이 있으니, 그곳으로 가자고 했다. 푸짐한 쌈, 보리밥, 고기볶음을 맛있게 먹었다. 우리 둘은 식사 후에 함덕 해수욕장에 있는 이디야 카페에 들어갔다. 나는 선물로 받은 커피 쿠폰으로 따뜻한 커피 두 잔을 샀다. 향긋한 커피 향만큼 행복한 시간이었다. 나에게 시간을 내주어 함께한 누군가가 있었기에 그랬다.

제주도에 온 지 3일째 되는 1월 11일, 다른 학교에서도 기간제 교사를 구할지도 모른다는 혹시나 하는 마음에, 교육청 홈페이지에 다시 들어가 보았다. 구좌읍은 집에서 차로 30분을 가야 하는 먼 거리였기에, 집과 가까운 학교에서 구한다는 내용이 있기를 기대하며, 조마조마한 마음으로 목록 하나하나 살펴보았다. 하나라도 놓칠세라 눈을 크게 뜨고 조심조심 살피고 있는데, 2023년 8월 31일까지 저학년 담임교사로 근무할, 기간제 교사를 구하는 내용이 보였다. 가슴이 쿵쿵 뛰었다. 어제 갔던 피시방으로 다시 갔다. 그러고는 부랴부랴 지원서를 작성하고 출력했다. 12일 목요일 아침,

두 학교에 제출할 서류를 가지고 집을 나섰다. 우선 집에서 승용차로 40분 거리에 있는 학교에 먼저 갔다. 학교 여기저기 공사 장비들이 널려 있었다. 교감선생님은 친절하게 맞아 주시며 "놓고 가시면 연락드리겠습니다."라고 말씀하셨다. 다른 한 학교는 집으로 돌아오는 길에 있었다. 집에서 승용차로 9분 거리였다. 학교에 교감 선생님은 안 계셨고, 교무실에 선생님 한 분이 서류를 받아 주셨다. 처음 학교와는 달리 조그마하고 아담한 교정이었다. 교무실에 있는 음악 기기에서는 경쾌한 클래식 음악이 흘러나왔다. 두 학교에 지원서를 제출하고 집에 돌아왔다. 첫 번째 학교에서 전화가 왔다. 바로 내일 면접이 있는데 면접을 보러 오지 않으면 포기한 것으로 처리한다고 했다. 지원자는 나 혼자였지만, 내가 면접을 본다고 하면 면접 심사에 참여할 교사 몇 분이 출근해야 하니까, 확답을 달라고 했다. 두 번째 학교에도 지원했기에 망설이고 있었더니 자꾸만 몰아붙이듯이 재촉하신다. 집에서 가까운 거리에 있는 두 번째로 지원한 학교에서, 면접에 부르지 않을지도 모른다는 생각에, 첫 번째 학교에 면접을 보겠다고 대답했다. 13일 금요일, 첫 번째 학교에서 면접 심사를 마치자마자, 그 학교에 근무하겠다고 구두로 약속했다. 제주도 어느 곳도 합격이 안 될지 모른다는 두려움으로 급하게 결정했다. 그러고 나서 구정 명절 동안 강릉에 있었는데, 집에서 가까운 두 번째 학교 교감님으로부터 전화가 왔다. "안녕하세요. 교감 선생님, 연락해 주셔서 감사합니다. 그런데, 제가 혹시 떨어질지도 모른다는 생각에, 이미 다른 학교에 가기로 약속했어요."라고 말했다. "아. 그러시군요." 교감 선생님은 아쉬움이 남는 목소리로 대답하셨다. 몇 분 후에, 다시 두 번째 학교 교감님으로부터 전화가 걸려 왔다. "선생님, 떨어질지 몰라서라고 말씀하신 것이 마음에 남아 다시 연락드립니다." 교감 선생님은 내가 집에서 가까운 그 학교로 와 주기를 부탁했다. 나는 구두로 약속한, 첫 번째 학교 교감님께 너무도 죄송해서 어떻게 해야 할지를 모르겠다고 말씀드렸다. 그랬더니, 아직 계약서를 작성하지 않았으니 괜찮다고, 가고 싶은 곳으로 결정하면 된다고 말씀하셨다. 생각해 보고 바로 연락을 드리기로 하고는 전화를 끊었다. 첫 번째 학교 교감님께 너무도 죄송했다. 마음을 차분히 정리하고 용기를 내어, 첫 번째 학교 교감님께 전화를 걸었다. 내 건강 상황이 먼 거리로 출퇴근하기가 힘들 것 같아서, 집에서 가까운 학교에서 연락이 왔는데, 그 학교에 가기로 했다고, 너무 죄송하다고 말씀을 드렸다. 교감님은 너무 속상해하시면서 나에게 언짢은 기분을 표현하셨다. 죄인이 된 느낌으로 나를 질책하는 말을 다 들어야만 했다. 용기라는 말로 표현해도 되는지는 모르겠다. 누군가는 그 학교에 지원할 시간이 남았고, 내 건강을 위해 나를 지켜야 했기에, 나를 비난하는 말을 들을 용기를 냈다. 그 이후로, 교육청 홈페이지에서 내가 가지 않겠다고 했던 첫 번째 학교 지원 상황이 어떻게 되었는지 확인해 보았다. 교사가 구해졌는지 구직란 목록에 없었다. 내가 아니어도 누군가가 그 자리를 채울 수 있는 상황이었지만, 구두로 한 약속이라도 지키지 않아 상대방 마음을 상하게 한 것이 죄송했다. 5월쯤, 지구별 초등학교 교사 모임이 있었다. 그곳에서 내가 지원하려던 첫 번째 학교 학급 담임교사를 만났다. 내가 포기한 자리에 다른 한 사람이 기회를 얻은 것이다.

다음에 만난 사람은 건강검진 후 만난 의사분이다. 1월 27일 금요일, 오전 일찍 금식하고 병원에 갔다. 기간제 교사로 지원한 학교에 채용 신체 검사서를 제출해야 했기 때문이다. 건강검진센터 간호사님들의 안내에 따라 검사를 받았다. "검사 결과는 언제 나오나요?" "검사 결과에 특별한 이상이 없으면 전화 연락이 안 갈 거예요. 그러면 오늘 오후 4시 이후에 가지러 오시면 되세요." 간호사분이 밝은 표정을 지으며 상냥한 목소리로 안내해 주었다. 이렇게 사람들이 많이 오가는데 한결같이 상냥하게 대해주시는 모습에 고마운 마음이 들었다. 4시 이후에 결과지를 찾을 생각으로 병원 주변에서 점심을 먹었다. 그리고, 이날 갑자기 서울에서 온 지인분들과 차를 마시고 있었다. 전화벨이 울렸다. 전화번호가 064로 시작되는 것을 보니 병원이었다. 특별한 이상이 없으면 전화하지 않겠다고 했다. 전화벨이 울린다는 것은 좋지 않다는 것이었다. '어디가 안 좋은 거지?' 긴장된 마음을 진정시키며 전화를 받았다. 전화기 안에서 소리가 들린다. "검사 결과 총콜레스테롤이 너무 높게 나왔습니다. 다시 검사하신 후 확인해야 합니다." "아. 예, 제가 2개월 정도 기간 기름진 음식들을 많이 먹고 또 운동하지 않아서 그럴 거예요." 나는 제주도로 오는 준비를 하는 동안 운동을 못 한 일, 명절동안 고기와 많은 음식을 엄청나게 먹은 일, 검사 전날 감자탕을 너무 많이 먹어서 그럴 거라고 설명했다. 병원에서는 정해진 매뉴얼대로 할 뿐인데, 나는 사정이라도 하듯이 내 사적인 이야기를 열심히 설명했다. 간호사 분이 다시 말했다. "검사를 다시 받으셔야 합니다. 채용 신체검사 합격이 안 될 수도 있습니다." 카페 분위기를 즐기며 지인 두 분과 즐겁게 지내고 있던 나는 당혹스러움에 잠시 뇌사상태에 빠진 듯 멍했다. 바로 내일 토요일 아침에 다시 재검하러 오라고 했다. 나는 월요일 아침에 가겠다고 했다. 며칠 동안 음식과 운동으로 콜레스테롤 수치를 떨어뜨리겠다는 생각에서였다. 가기로 한 학교에 제출할 지원 서류들을 화요일에 가지고 가기로 한 것이 정말 다행이었다. 그날 바로, 헬스장에 등록하고 운동을 시작했다. 제주도에 도착하자마자 운동을 하라며, 딸이 헬스장 이곳저곳을 찾아 알려주었건만, 산책하며 걷는 것만으로도 충분할 거라며 특별한 운동을 하지 않고 지내려 했었다. 식사도 소식하고, 야채와 콜레스테롤을 떨어뜨리는 것에 좋다는 톳, 미역을 주재료로 요리했다. 건강식품인 야채수도 하루에 4팩 정도를 마셨다. 저녁 7시 이후에는 아무것도 먹지 않았다. "무슨 콜레스테롤이 높다고 채용이 안 되니? 교사들 콜레스테롤 높은 사람 많아." 서울에 있는 친구와 통화하는 데 친구가 하는 말이다. 3일이 지난 후, 월요일에 다시 검사받았다. 나의 노력에도 불구하고 총콜레스테롤이 너무 높다고, 약을 먹어야 한다고 했다. "콜레스테롤은 바로 떨어지지 않아요. 이 정도 수치는 약을 먹어야 합니다. 위험합니다. 지금부터 약으로 관리를 안 하시면 치매에 걸릴 수도 있고, 뇌혈관 질환이 일어날 수도 있습니다. 갑자기 어떤 일이 생길지 모릅니다. 이제 평생약을 꼬박꼬박 챙겨 드셔야 합니다." 의사 선생님 말씀이 마치 공포영화를 보는 것처럼 두렵게 들렸다. 폐암 진단을 내리셨던 의사 선생님은 두려움을 주지 않으셨었다. 재검을 받은 후, 약 복용에 대한 설명을 들은 후에야, 채용 신체 검사서에 합격 도장을 찍어줬다. 어쨌거나 합격 서류를 제출할 수 있어서 정말 다행이었다. 이렇게 만난 의사 선생님의 이야기를 듣고, 그 뒤로는 하루에 거의 두 시간씩 헬스장에서 보냈다. 음식은 해조류, 사과, 생선, 견과류, 보리, 귀리, 키위, 토마토 등을 골고루 먹었다. 한동안 건강을 위한 일에 나태했던 나를 다시 일깨워 주는 기회가 됐다.

　선한 종이, 책방 무사, 필름 로그 등에서 사람들을 만나 대화를 나누었다. 선한 종이는 시골 동네에 있는 서점이다. 서점을 둘러싼 평화로운 분위기가 마음의 긴장을 풀어주었다. 내가 갔을 때 서점에는 아무도 없었다. 주인 분도 잠깐 자리를 비운 상태였다. 기독교 서적과 그 외의 일반 책들이 반반 있었다. 10여 분을 둘러 보고 있는데 사장님이 들어 오셨다. 사장님이 여성분이셨는데 친절하게 차도 준비해 주셨다. 나는 김형석 교수님의 '100세 철학자의 행복론'을 샀다. 책방을 나올 때는 하얀 눈이 내리고 있었다. 소리 없이 내리는 눈만큼 정겨운 대접을 받고 집으로 향했다. 책방 무사도 서점이다. 서점, 사진 촬영 일을 함께 운영하는 곳이었다. 구좌읍 세화를 지나서 서귀포 쪽으로 조금 더 들어가니, 정겹게 느껴지는 시골 마을 어귀 작은 흙집 안에 책이 아기자기한 모습으로 정리되어 있었다. 흑백사진들도 독특한 모습으로 전시되어 있었다. '책방 무사'에 가면 카메라에 대해 배울 수 있을 거라고 딸이 소개해 줘서 갔다. 책방을 지나 안뜰에 있는 작은 건물 안으로 들어가 보니 다양한 필름 카메라들이 놓여 있었다. "안녕하세요. 카메라에 대하여 배울 수 있다고 하여 찾아왔는데요. 여기 맞나요?" 나는 매장을 지키고 있는 분께 조심스럽게 물었다. "예. 맞습니다. 그런데 이번에는 필름 카메라 프로그램 운영이 '필름 로그'에서 진행됩니다. ' 필름 로그'와 함께 하는 프로그램이거든요." 아들 나이 정도의 젊은 청년은 이 프로그램에 참여하려면 어떻게 해야 하는지 친절하고도 자세하게 안내해 주었다. 나는 집에 와서 바로 신청하고 전화로 궁금한 내용을 문의했다. "안녕하세요. 필름 로그이지요? 제가 책방무사에 갔더니 이곳에 연락을 드려보라고 해서 여쭤봅니다." "아, 예. 책방 무사에서 연락받았습니다. 카메라가 없으시다고 걱정하셨다고요. 카메라 없이 오셔도 됩니다." '필름로그'로부터 전화를 통하여 다음 할 일을 자세하게 안내받았다. 친절하고도 예의 바른 모습이 보이지 않는데도 느껴져서 행복했다. 이렇게 하여 '제주 필름 로그'에 갈 수 있었고, 그곳에서 사람들을 만났다. 다 젊은이들이었다. 필름 로그 대표분과 책방 무사 대표님, 그리고 필름 로그에서 일하시는 분, 다중노출에 관하여 관심을 두고 프로그램에 참여하려고 오신 분들, 모두 다 젊은 사람들이었다. 두 시간 동안 처음 듣는 다중노출에 대하여 두 대표님의 설명을 듣고 자료들을 보니, 마치 벌써 나 자신이 전문가가 될 것 같은 착각에 빠졌다. 신나고 호기심 가득한 마음으로, 젊은이들과 함께 있다는 것은 정말 행복한 일이다. 이렇게 나이 든 나도 참여하게 해주시고, 친절하게 대해주시는 분들이 참 고마웠다.

서울 강서구 등촌동에서 같은 교회를 다니시던 권사님이 10년 전에 제주도로 이사를 오셨다. 점심 대접을 해드리겠다고 연락을 드렸더니 권사님 댁으로 오라고 하셨다. 권사님 댁에 도착하니, 방금 한 잡곡밥과 보름나물로 상을 차려 주셨다. 마침 내가 찾아간 날이 대보름날이었다. 음식 대접을 받고 20분 정도 차로 이동하여 권사님과 함께 한라 생태숲에 갔다. 숲 이곳저곳을 산책했다. 친정엄마처럼 스스럼없이 잘 챙겨주시는 분이시다. 다음으로 만난 사람은 미국에 있는 원어민 영어 선생님이다. 노트북을 이용하여 줌으로 만났다. 딸이 소개해 준 영어 선생님이다. 인스타를 통해 영어 공부를 하기 위해서 찾게 된 분이다. 한 달 회비가 4만 5천 원 정도로 수강료가 쌌다. 큰 이익보다는 봉사하는 마음으로 하시는 것 같았다. 함께 공부하는 회원이 다섯 명이었는데, 나를 제외하고는 미국에 거주하시는 분들이었다. 이런 기회로 태평양 너머에 있는 사람과도 영어로 대화를 할 수 있다니 정말 신기했다. 나는 기초 영어 수준이다. 나 이외의 사람들은 미국 현지에서 생활하면서 바로 구사할 수 있는 영어가 되는 사람들이었다.

7일 저녁에는 서귀포에 갔다. 교회에 다니는 사람이라면 거의 모든 사람이 존경하는 목사님이 인도하시는 예배를 드리고 나서, 목사님을 뵙고 인사드리기 위해서였다. 밤 7시 예배, 함덕에서 너무 먼 거리이기에 있었기에 망설이기도 했다. 다행히 혼자가 아니었다. 서울에서 내려온 지인분과 함께 낮에 일찍 갔다. 주변을 산책하고 맛있는 화덕구이 피자집에서 피자와 커피도 마셨다.

제주도에 내려와 한 달을 지내는 동안 많은 사람을 만났다. 그중에는 내가 약속을 지키지 않아 힘들어하신 분도 있다. 내가 살아가는 힘은 나 혼자가 아닌 많은 사람들로부터 얻는다. 내가 낯선 제주도에서 하루하루 꿈을 펼치며 잘 살아가는 비결 중 하나다. 요즘 김형석 교수님의 책 '100세 철학자의 행복론'을 읽으며, 만나는 사람들에 대한 내 생각이나 행동을 더 살피고 신중하게 한다.

혼자가 아니다

2023년 2월 15일 수요일 아침, 제주도에 있는 초등학교 근무를 위한 첫 출근, 집에서 학교까지의 거리는 내 차로 10분 정도가 걸린다. 하지만, 버스를 타고 가고 싶은 마음에 버스정류장으로 향했다. 9시부터 새 학년도 교육 과정 협의회를 시작한다고 했다. 회의하는 장소는 2층에 있었다. 1층 교무실에서 따뜻한 물을 물컵에 담았다. 교무실 행정사님이 친절하게 도와주었다. 회의실로 사용되는 영어교실에는 디귿 모양으로 자리가 배치되어 있었다. 첫날인 수요일에는 교감님, 교무부장님, 연구부장님, 1학년부터 6학년 담임교사, 영양사님, 유치원 선생님이 참여했다. 한 학년에 한 학급밖에 안 되는 작은 학교다. 작은 학교에서 근무한 경험이 없어서 자꾸만 긴장되었다. 학년 일을 상의할 동학년 선생님이 없다. 모든 일을 다 책임져야 한다는 것이 은근히 두려움으로 다가왔다. 교무부장님의 진행으로 소개되는 교육 과정 내용은 제주도 시골 작은 학교의 특성을 잘 살린 것이었다. 생소한 내용이 많았기에, 이 프로그램 하나하나 내가 잘 해낼 수 있을까 하는 두려움이 또 밀려왔다. 너무 긴장해서였을까? 나는 연수 중간에, 보건실에 누워 있어야만 했다.

그러고는 간신히 택시를 타고 집으로 와서 그날 밤까지 조심스럽게 보냈다.

아침 9시부터 시작된 연수가 3시간 동안 진지하게 이어졌다. 중간에 잠깐 쉬는 시간이 있었지만, 이 학교의 상황을 모르는 나는, 쉬는 시간조차도 다른 분들에게 궁금한 것을 물어보느라 쉬지도 못했다. 긴장의 연속이었다. 12시 점심때가 되어, 점심을 먹으러 함께 식당으로 향했다. 다른 선생님의 차를 함께 타고 갔다. 처음 만나서 식사하는데도 낯설지 않고 편안하게 식사하고 있다고 느끼고 있었다. 식사를 마치고 다시 학교로 돌아가려고 일어서려는 순간 온몸의 기운이 쫙 빠지며 그 자리에 주저앉을 것 같았다. 내가 쓰러지면 내 건강이 안 좋다고 나와의 계약을 취소할지도 모른다는 생각에, 사람들이 눈치채지 못하게 하려고 살살 신발 신는 곳까지 내려와 천천히 조심스럽게 움직였다. 한 걸음 한 걸음 몸을 간신히 지탱하며 승용차에 탔다. 아무도 눈치를 못 챘다. 차에서 내려 운동장을 지나 학교 건물 안으로 들어가야 하는데, 그 거리는 100m 정도였다. 무서웠다.

"선생님 저 잠깐 보건실에 누워 있다가 괜찮아지면 참여할게요." 라고 말하며 옆에 있던 동료 선생님께 몸 상태를 이야기했더니 보건실로 안내해 주셨다. 그러고는 전기장판과 이불을 잘 챙겨주면서 편히 쉴 수 있도록 도와주셨다. 오랫동안 함께 보낸 동료 교사처럼 자연스럽고도 따뜻한 손길이었다. 그 친절함에 힘입어 용기를 내어 말했다. "선생님 누워 있는데도 몸 상태가 좋아지지 않으면 그냥 집으로 갈게요." 몸을 먼저 생각해야 한다는 것을 이제는 알기에 다른 체면을 생각하지 않았다. 단지, 다른 분들이 놀랄까 봐 걱정되었다. 따뜻하게 데워진 보건실 침대 전기장판 위에서 몸의 긴장을 풀려고 노력했다. 두려웠다. 정신을 차려야 했다. '제주도 생활이 여기서 이렇게 멈추어 버리면 어떻게 하지?'라는 생각까지도 했다.

"안녕하세요. 저번에 건강검진을 하고 콜레스테롤이 높다고 하여 약을 처방받았는데 제가 약을 안 샀어요. 그 약을 안 먹어서 그런 건지 모르는데 오늘 갑자기 쓰러질 뻔했어요. 그때 의사 선생님이 갑자기 쓰러질 수도 있다고 하셨는데, 그래서 그런가 해서요. 혹시 다시 처방전을 받을 수 있을까요?" 건강검진에서 콜레스테롤이 높으면 쓰러질 수도 있다고 한 의사 선생님의 말씀이 떠올라서 보건실에 누워서 병원에 전화했다. "안 돼요. 복용 기간동안에는 처방전을 다시 받을 수 없어요. 그리고 콜레스테롤이 높다고 바로 쓰러지는 상황이 온다고 말씀하신 것이 아니라 경과가 지나면서 그렇게 될 수도 있다는 거예요." 간호사 선생님의 말을 듣고 안심이 되었다. 콜레스테롤이 높은데 약을 먹지 않아서 그랬나 하는 두려움이 가장 컸기 때문이다.

"간사님 저 쓰러질 것 같아서 보건실에 누워 있어요." 두려움을 달래려고 지인 분에게 전화했다. 그분은 차가 없다. "어떻게 하지 내가 택시 타고 갈까?" "아니에요. 조금 좋아지면 제가 택시 타고 집으로 가려고요." 30분 정도 누워 있으니, 기운이 조금 생긴 것 같았다. 조심조심 학교를 나와 택시를 타고 집으로 왔다. 전기장판을 따뜻하게 하고 바로 누웠다. '너무 긴장해서 그런 것일까? 아니면 며칠 동안 잠을 제대로 못 자고 이런저런 생각들로 신경이 쇠약해져 있어서 그런 것일까? 소식해야 한다고 해서 너무 조금씩 먹어서 그런 것일까? 콜레스테롤을 줄이기 위해 열심히 한 운동이 너무 무리였던 것일까?' '아니면 난방비를 아끼려고 보일러를 외출로 해 놓고 따뜻하지 않은 방에서 생활해서 그런 것일까?' 이런저런 생각을 하며 원인을 찾아보았다. "선생님, 몸은 어떠세요? 너무 힘드시면 내일 연수에 참여하지 않으셔도 되세요." 어제 보건실로 안내해 주었던 선생님으로부터 문자가 왔다. 너무 힘들면 내일 연수에 참여하지 말고 쉬라며, 교무부장님 전화번호도 보내주었다. 선생님들은 내가 자리를 비운 것에 대해 불편해하기보다는 괜찮은지 더 걱정해 주셨다. 누워서 몸의 기운이 돌아오기를 기다리다가, 조금 나아진 것 같아서 가까운 거리에 있는 본죽 음식점에 갔다. 쇠고기죽을 반쯤 먹고, 절반은 가지고 왔다. 쓰러질 것 같은 느낌은 여전히 남아 있어 불안함과 두려움이 사라지지 않았지만, 정신을 다시 가다듬으며 먹고 쉬고를 1시간마다 반복했다. '딸이 미국 유학 생활을 하면서 지금의 나처럼 이렇게 아픈 상황에 닥치게 되면 어떻게 하지?' 올해 여름에 미국으로 떠나 그곳에서 혼자 생활하게 될 딸의 생활이 미리 걱정되었다. '걱정하지 말자. 염려하지 말자. 내가 걱정한다고 염려한다고 뭐가 도움이 되는 것도 아니고 에너지만 소진된다.' '지금, 이 순간 이렇게 대처하며 일어설 수 있는 용기를 주심에 감사하고 기뻐하자.' 다음 날, 아직 거든하게 일어설 기운은 돌아오지 않았지만, 학교에 출근했다. 승용차를 가지고 갔다. 몇몇 선생님들이 어제 있었던 내 이야기를 듣고 걱정해 주셨다. 겉으로는 멀쩡해 보였던 모습이었기에 좀 의아해하셨을지도 모른다는 생각이 들었다. 이날도 오전 연수가 끝나고, 점심을 먹은 후에 어제와 비슷한 현상이 몸에 살짝 감돌았지만 금방 사라졌다. "선생님

어지러울 때 이비인후과에 가보세요, 저도 어지러워서 이비인후과에 갔었어요." "제 어머니도 이비인후과 치료를 받았어요. 그런데 별 효과가 없어서 요즘은 호르몬 영양제를 드시고 계신데 좋아지셨어요." 몇몇 선생님이 도움이 되라고 경험을 나누어 주셨다. "예. 그럼, 오늘 이비인후과에 가봐야겠어요." 작은 시골 학교, 몇 분 안 되는 선생님 모두가, 전날 있었던 내 일에 관심을 두고 걱정해 주셨고, 그것이 나에게 큰 위로와 힘이 되었다. 점심 식사 후, 오후에는 학교 근처 카페에서 함께 협의하는 시간을 갖기로 하고 카페로 갔다. "선생님 이 차 같이 타고 가요." "아니에요. 저는 끝나는 대로 병원에 가야 해서 제 차를 가지고 바로 따라갈게요. 감사해요." 나는 카페에서 바로 이비인후과에 가기로 하고, 혼자 따로 내 차를 가지고 카페에 가기로 했다. 대화를 마치고 차 시동을 걸었다. 힘든 상황에서 엎친 데 덮친 격으로 시동이 걸리지 않았다.

"제 차가 시동이 안 걸려요. 출동 서비스 받고 바로 갈게요." 선생님들 카톡방에 상황을 급히 올렸다. 어제는 보건실에 누워 있다가 갑자기 사라지고, 오늘은 시동이 안 걸린다고 제시간에 못 가는 상황이 벌어졌다. 2003년식 쏘렌토는 몇 년 전부터 수시로 고장 났다. 이제는 서비스 출동 요청하는 일이 별것이 아닌 것이 되었다. 수리 기사님이 바로 오셨다. "배터리 교체한 지 몇 개월 안 되었어요. 작년 12월에 교체했거든요." "배터리 문제가 아닌데요. 배터리를 고정하는 나사가 헐거워졌어요. 배터리 교체한 카센터에서 이것도 교체해 주었어야 하는 거였어요." 기사님은 임시로 고정한다며 나사못을 박아 주셨다. 기사님의 기술로 나는 다시 차를 운행할 수 있게 되었다. 얼마나 감사한 일인가! 바다가 보이는 카페는 정말 아름다웠다. "고생하셨어요. 제주살이가 만만치 않으시죠?" 수리한 차를 주차하고 카페에 들어서자, 선생님들이 반갑게 맞아 주며 힘을 실어 주셨다. 한 분은 정감 어린 표정을 지으며, 미리 주문한 빵이 담긴 예쁜 쟁반을 내 앞으로 밀어주셨다. 다른 한 분은 늦게 도착한 나를 챙기며, 차를 주문해 주셨다. 서로의 의견을 들으며 대화하는 모습이 참 정겨웠다. 그 안에서 내 마음이 평안해졌다.

카페에서 나와 이비인후과에 갔다. "귀에서 보이는 증상은 없네요. 청력검사를 하고 다시 말씀드릴게요." 의사 선생님은 귀에서 특별한 이상이 보이지 않는다고 말씀하셨다. 청력검사와 혈압을 측정했다. "저혈압이네요" 간호 사분이 말씀하실 때, 번뜩 생각이 스쳐 지나갔다. '아, 저혈압이어서 그렇게 주저앉게 되었을 수도 있었겠구나.' "청력이 좋으시네요. 정상 수치보다 우수하세요. 어지러운 것은 그 이유가 무엇인지 5일 동안 약을 먹고 나서 다시 확인하기로 할게요." 의사 선생님의 말씀에 안심되었다. 처방전을 가지고 약국에 가서 약을 받았지만, 집에 와서 약을 서랍에 넣어 놓았다. "제 어머님은 이비인후과에 다니셨지만, 별 효과를 못 보신 것 같아요. 호르몬 영양제를 드시고 좋아지셨어요. 무엇이 좋아지게 한지는 모르겠어요." 오전에 학교 선생님이 해주신 말씀이 떠올라서였다. 어쩌면 저혈압 때문에 일어난 일일 거라는 결론을 얻을 수 있게 되었음에 감사했다. 이제 이 상황을 종합하여 분석한 후, 극복할 방법을 찾아 생활에 옮기면 된다. 이비인후과 진료 순서를 기다리면서 카센터 기아오토큐에 차량 점검 예약을 했다. 정비센터가 이비인후과와 바로 가까운 거리에 있었다. "이 나사가 배터리통을 긁어서 위험하겠는데요." "괜찮아, 살짝 불똥이 튈 수도 있긴 하지만." 서비스로 출동했던 기사님이 급하게 나사못으로 고정하느라, 배터리통을 긁은 것이 문제가 되어, 수리하시는 남자 두 분 기사님이 걱정스러운 표정으로 대화하셨다. "불똥이 튄다고요? 그럼, 불이 날 수도 있나요?" 나는 또 걱정되어 물었다. "아니에요. 그 정도는 아니에요." "배터리를 교체해야 하나요? 교체한 지 몇 개월이 안 되었는데요." 걱정에 걱정을 싸 안고 말하고 있을 때, 대장부처럼 보이는 여자 정비사 분이 오셨다. 그곳 책임자 분 같았다. "괜찮아. 아무 이상 없어." 다른 남자 정비사 분들께 정답처럼 확고하게 말씀하시며 직접 수리를 해주셨다. 여자 분이 책임자로 있는 정비센터는 처음이라서, 대단하다는 생각과 함께 정말 깔끔하게 매듭을 지어 주시는 모습에 흐뭇하고도 기뻤다.

연수 3일째 되는 날, 내 차를 가지고 출근했다. 학교 주차장에는 주차 공간이 없었다. 작은 학교라서 차도 많지 않은데, 주차장이 워낙 좁다 보니 몇 대밖에는 주차할 자리가 없다. 할 수 없이 조금 떨어진 마을 골목길 주변, 쓰레기 분리하는 공터 주차 공간에 주차하고는 걸어서 학교로 향했다. 이날은 오전 근무는 함께 의논하고, 오후에는 각자 교실을 정리하고 자유롭게 퇴근하면 된다고 하셨다. 오후 시간에 교실을 정리하고, 학교를 나와 집으로 가기 위해 차 시동을 걸었다. 내 차가 주차된 공터에 한 청년이 담배를 피우며 피식 웃고 있었다. 차를 후진하여 집으로 향하려 하는데 차가 무거운 느낌이 들었다. '뭐지? 또 어디가 고장이 난거지?' 이런 생각을 하며 차의 방향을 바꾸고 있는데, 그 청년은 계속 내 쪽을 쳐다보며 피식피식 웃고 있었다. '왜 웃지?' 생각하며 무겁게 느껴지는 차를 운전하여 집 근처 주차장까지 왔다. 차에서 내려 살펴보니 아뿔싸, 한쪽

앞바퀴 타이어 바람이 쭉 빠진 상태였다. 다행히 집까지 가까운 거리이고, 주행속도가 낮은 도로에서 운행하였기에 사고가 나지 않았을 것이다. '혹시 그 청년이 내 차에 장난치고 있었던 걸까?' 그 청년을 살짝 의심하는 마음이 생겼다. "타이어가 펑크 났어요." 현대해상에 다시 전화했다. 출동 기사분이 오셨다. "아침 출근할 때 제가 따라가면서 빵빵 했는데 안 쳐다보시더라고요. 그때 벌써 펑크가 나 있었어요." 기사님 말씀이시다. "네? 정말요?" 제가 반응할 때까지 계속 신호를 주시지요." "바로 좌회전하시더라고요. 저는 우회전해야 했거든요." 출근하시면서까지도 주변의 차에 관심을 두고 좋지 않은 상황을 알려주려고 애쓰신 기사님께 고마운 마음이 들었다. 아침에는 그래도 타이어에 공기가 차 있었는데, 시간이 지나면서 다 빠져나갔나 보다. 운전하기 전에 차를 살피는 습관을 갖지 못한 내 실수다. 내가 살짝 의심했던, 피식피식 웃던, 그 청년은 어쩌면 펑크 난 차를 운전하는 내 모습을 보고 웃겨서 그랬나 보다. 그 청년에게 미안한 마음이 들면서, 그 청년에 의한 것이 아님에 다행이라고 생각했다.

새로운 삶의 터전에서, 낯선 사람들과 경험해 보지 못한 일들을 마주 대할 때, 나 자신을 스스로 강하게 세워 가야만 하는 상황들이 밀려온다. 내가 다시 일어서는 과정에는 나 혼자만의 힘이 아닌, 많은 이들의 도움의 손길이 있음을 다시 깨닫게 된다. 더욱더 겸손한 마음으로 하루의 삶을 맞이한다. 지금의 나처럼, 혼자 살아가는 사람들의 힘든 순간들을 공감하는 힘이 더 생기는 시간이다. 이렇게 조금씩 성숙해지나 보다.

딸이 왔다 갔다

2023년 2월 21일 화요일 밤, 서울에서 딸이 왔다. 갑자기 닥쳐온, 쓰러질 것 같은 몸 상태, 그로 인한 두려움을 안고 간신히 지내고 있을 때 딸이 왔다. "엄마, 간장 종지에 밥을 먹고 있었어?" 딸은 찬장에 있는 작은 그릇을 보며 말했다. "소식해야 한다고 해서 작은 그릇들만 샀어." 나는 딸 앞에서 어린아이가 된 듯한 목소리로 말했다.

"그래도 그렇지 이건 그냥 양념 그릇 정도지. 엄마 간디처럼 되고 싶어?" 딸은 연이어 엄마가 딸에게 말하듯 달짝지근한 말투로 말한다. 콜레스테롤이 높을 때는 소식을 해야 좋다는 이야기를 들었다. 건강검진 후, 작은 그릇들을 샀다. "엄마, 이건 소식이 아니지. 이건 굶겠다는 거지." 딸은 그릇을 보고 기겁을 하며 말한다. "그래. 소식하라고는 하는데 소식의 기준을 정확히 알 길도 없고, 이렇게 조금 먹는 것이 소식인 줄 알았어." 나는 엄마에게 혼나지 않으려는 어린 딸처럼 변명하듯 말했다. "소식은 배부르지 않을 정도지. 배부른데도 먹으면 안 된다는 거지. 이건 그냥 굶고 사는 거야." 딸은 나에게 소식의 정의를 확실하게 알려주었다.

나는 어떤 한 가지 일에 집중하면 미련할 정도로 따라 한다. 운동, 일, 관계, 식습관 등이다. 이런 습관을 버렸다고 자부하고 있었는데, 이런 일이 일어났다. 나는 제주도에 와서 2개월 동안 완전한 소식으로 살았다. 콜레스테롤 수치와 의사 선생님의 말씀이 나를 압박했기 때문이다. 매일 1시간 넘는 운동, 식사 후에 산책하기, 피아노 연습, 영어 공부, 글쓰기를 규칙적으로 했다. 나는 피곤한 상태가 어느 정도의 느낌인지 잘 모른다. 다 이겨내야 하는 것으로 살아왔기 때문에, 견뎌내는 것이 몸에 담겨 있다.

"엄마, 누워야 해. 얼른 누워." 딸은 짬을 내어 누운 자세로 쉬어야 한다며 바로 누우란다. "이것 좀 해야 해. 지금 피곤하지 않아." 그 와중에도 나는 해야 할 것이 있다고 말하면서 딸의 사랑에 못 이기는 척 자리에 누웠다. "정말 좋다. 누우니까 몸이 편해진다. 이거구나. 긴장이 풀린다." "그래. 엄마는 의식적으로 쉬려고 해야 해." 누우니까 긴장이 풀리면서 편해졌다. 그동안의 일들이 어떤 상황이었는지 정리가 되었다. 낯선 곳에서 혼자 살아갈 때 일어날 수 있는 위험한 습관을 알아챘다. 무언가에 꽂히면 그 한 가지에 초집중하는 습관이다. 누군가가 곁에 있다면, 잠깐씩 멈추도록 스위치 역할을 해줄 텐데 말이다. 딸이 일주일 동안 그 역할을 해주었다. 이제 방바닥에 뒹굴면서 편안한 시간을 누리기도 한다.

나를 진정으로 사랑해 주는 누군가가 함께 있다는 것은 참 좋은 일이다. 나에게는 딸과 아들이 그 좋은 사람이다. 딸과 아들을 생각하면 감사의 눈물이 쏟아지기도 한다. 지금까지 살아오는 동안 내 삶의 방향을 선택하는 데 가장 큰 역할을 해준, 새의 두 날개와도 같은 자녀들이다. 딸은 8일 동안 나와 함께 보낼 일들을 미리 계획하여 다 준비해 왔다. 아침 시간은 여유 있게 쉬는 시간으로 비워 두었고, 아침과 저녁 식사를 딸이 손수 준비해 외식은 하루에 한 번이나 없는 날도 있게 했다. 난타 공연장에서 오랜만에 난타 공연도 관람했다. "엄마, 어렸을 때는 이런 공연을 봐도 별 느낌이 없었는데, 오늘은 정말 대단하다는 생각이 들었어. 저렇게 공연할 정도면 얼마나 많이 준비해 왔을까? 공연 내내 힘든 순간인데도 웃는 표정을 잃지 않고, 관중의 반응을 끌어내는 압도적인 힘도 정말 놀라워!" 딸은 난타 공연을 보며 어렸을 때와는 다른 감동을 말했다. 아들과는 다르게 딸은 어렸을 때는 이러한 공연을 봐도 별 반응이 없었다. 얼마 전, 딸은 강릉 아트홀에서 피아노 개인 연주회를 2시간여 동안 본 후에도 오늘처럼 감동의 말을 했다. 딸은 가끔씩 책, 공연, 유튜브에 나오는 많은 분의 삶 이야기를 나에게 들려준다. 나이가 들어감에도 꿈을 펼쳐가시는 분들의 이야기들이다.

" 엄마도 이렇게 살아야 해." 나도 꿈을 잃지 말고 내 꿈을 이루며 살아가라고 응원해 준다. "응. 엄마도 천국에 갈 때까지 해보고 싶었던 일들에 도전하며 살아갈게." "엄마, 그러면 어떻게 해야 해. 쉬기도 하고 잘 먹어야지. 간장 종지에 밥을 먹으면 되겠어?" 딸은 톤이 높아진 신나는 목소리로 나에게 주입식 교육을 확실하게 한다. 우리의 대화는 이렇게 흘러간다. 오늘 점심은 딸이 만들어 주었다. 갈치조림과 살짝 데친 꼬마 양배추 요리를 먹었다. 난타 공연을 보고 난 후에, 딸이 예약한 차밭 찻집에 갔다. 저녁에는 미용실에 가서 머리를 커트하기로 했다. 저녁은 딸과 함께 외식했다. 그리고, 이마트에서 나에게 필요한 도시락, 큰 그릇들, 양말, 간식 통을 샀다. 매일 특별한 일들로 하루하루를 딸과 함께 보냈다.

"엄마, 안녕! 한 주 동안 나랑 재미있게 지냈길 바라.~~ 엄마가 개학하기 전에 새로운 것들을 통해 맘을 충전하길 바라는 마음으로 준비해 봤었어(내가 좋아하는 것들이기도 했지만). 지난 1년간 나의 온갖 짜증과 두려움과 경제적 부담까지 다 떠안아줘서 고마워. 지난번에도 이야기했지만, 엄마의 그런 지원 덕분에 끝까지 할 수 있었던 것 같아서, 정말 감사하면서도 엄마가 없는 아이들이 왜 어려움을 경험하는지 크게 느끼는 한 해였어. 정말 감사하게도 합격했지만, 아직 장학금이나 여러 문제로 이제 시작이라고 생각해. 앞으로는 엄마가 더 모르는 영역이기도 하고, 엄마가 더 도와주지 못하는 부분이기도 하니까, 내가 하나님 의지하고 한 발씩 해볼게. 엄마도 지금 정말 잘하고 있고, 앞으로는 더 잘할 테니까. 새가 자유롭게 날아가듯 이제 엄마 안의 자유와 하나님이 주신 달란트를 사용해서 훨훨 날아봐. 이 엽서는 시카고에서 산 건데 이곳에 나중에 같이 가자. 내가 미국 여러 도시 다니면서 처음으로 엄마가 좋아할 거로 생각했던 도시였어^^* 꾸준히 영어 공부도 하고 독서도, 운동도 열심히 하고, 남은 인생은 더 재미있게 행복으로 가득해지길 바라."

딸이 서울로 떠나기 전날 밤에 엽서를 건네주었다. "엄마, 내가 엄마에게 쓴 건데, 내가 떠나고 읽고 싶어, 아니면 지금 읽고 싶어?" " 응, 지금 읽고 싶어." 딸이 써 준 엽서 글을 읽는 동안, 딸이 그동안 얼마나 힘든 순간들을 이겨내느라 외로웠을지 다시 느껴져서 마음이 아팠다. 그 순간들을 잘 이겨내고 한 가닥 희망을 새로 안게 된 딸이, 그 감사함을 엄마인 나에게 돌리며 편지를 써 준 것이 눈물 나게 했다. 딸은 내가 어제 아침에 학교에 잠깐 출근을 한 사이에 썼다. 딸의 손을 잡고 잠자리에 누웠는데 계속 눈물이 흐른다. "엄마, 울어?" "응, 자꾸 눈물이 나와." 딸은 나를 꼭 껴안아 주었다. 다음 날 새벽에 딸은 서울로 가기 위해 공항으로 갔다. 아쉽게도 내가 새벽에 공항까지 태워 다 주고 출근하려고 했던 계획이 물거품이 됐다. 수시로 고장 나던 자동차를 결국 카센터에 맡겼기 때문이다. 혹시 자동차의 상태처럼 나도 병원에 맡겨지게 될지도 몰라, 콜레스테롤약을 딸이 있는 며칠 동안 먹었다. 그렇게도 복용하지 않으려고 애쓰다가, 딸이 있는 동안에 쓰러질 지경의 상황이 벌어질까 염려해서였다. 딸과 함께 보내는 동안 즐거운 시간으로 채워야 한다는 결단이었다.

강릉에서 아들과 함께 있을 때 받은 아들의 너그러운 마음, 딸의 세세한 정성이 혼자 살아갈 나에게 가장 큰 위로와 힘이 된다. 이제, 그러한 영향으로부터도 독립할 수 있는 삶의 힘을 키워 가야 한다. 앞으로, 아들과 딸에게 보여줄 씩씩한 내 모습을 그려보며 오늘도 힘을 낸다. "엄마, 이제 아기들하고 있을 때도 예전처럼 무리하지 말고, 엄마를 잘 챙겨야 해. 아기들하고 즐겁게 보내고." 딸은 학교 학생들을 아기들이라고 부른다. 딸은 공항으로 떠나고 나는 아기들을 보러 학교로 갔다. 본격적인 제주 생활의 시작점에서 힘든 상황에 놓였을 때, 딸이 왔다 갔다.

따스한 차를 마시는 속도로

병원 검진 후, 콜레스테롤과 씨름하고 난 후의 이야기이다. 2023년 2월 15일 수요일, 학교 근무 중에 쓰러질뻔했던 몸 상태가 조금은 나아졌다. 딸과 함께 지내는 동안, 많이 먹고, 자주 쉬었다. 딸이 제주도에 와 있는 동안 건강한 몸으로 있고 싶었다. 혹시 이러다 딸이 보는 앞에서 쓰러지지나 않을까 염려되었다. 어지러운 증세를 딸이 눈치채지 못하게 하면서 아슬아슬하게 지낸 후, 2월 25일 토요일 아침, 일찍 금식하고 제주시에 있는 H 병원에 갔다. 전에 갔던 병원에서 콜레스테롤약 복용을 너무 강요하는 듯한 느낌을 받았기에, 다른 병원에 예약하고 갔다. 콜레스테롤 수치가 270이어서 약을 먹으라는 처방을 받았지만, 약을 먹지 않고 1개월이 지난 때이다. 새로운 병원에서 다시 검사받고, 이 병원 검사 결과로도 수치가 여전히 높다면 의사의 처방을 따르기로 마음먹고 갔다. H 병원 의사 선생님은 이것저것 물어보시더니, 처음 진료받았던 병원에서 검사했으면 그 병원에서 다시 검사받아야 한다며, 먼저 검진한 병원으로 가보라고 했다. 난감했지만 다시 처음 갔던 병원으로 갈 수밖에 없었다. 처음 진료받았던 병원에 도착하여 접수하고 나니 오전 10시가 넘었다. 의사 선생님은 콜레스테롤약을 복용하지 않고 다시 온 나를 보시며 "드셔야 합니다. 위험해요. 평생 계속 복용해야 합니다." 말씀하시고, 바로 약 처방을 내려 주셨다. 이번에는 검사는 받지 않고 약만 다시 처방받았다. 나는 마치 그 약을 바로 먹지 않으면 금방 큰일이 일어날 것 같은 두려움을 느낄 수밖에 없었다. 콜레스테롤 수치를 떨어뜨리기 위해, 1개월 동안 매일 두 시간 정도의 운동을 했다. 잡곡과 야채, 생선 위주의 식사를 했다. 그 노력의 결과가 궁금해서 다른 병원으로 갔던 것이었는데, 검사는 하지 않고 그냥 약만 처방받았다. 한번 콜레스테롤 수치가 높아서 약을 처방받았으면, 매달 당연하게 약 처방을 받아야 하나 보다. 의사 선생님이 말씀하신 것처럼 평생. 일단 어쩔 수 없이 약국에서 약을 조제 받았지만, 그동안 건강관리를 해온 결과를 알고 싶은 마음은 버릴 수가 없었다. 그렇게 고민하던 중에 보건소에서도 간단한 검사를 해준다는 이야기를 지인에게서 들었던 것이 생각났다. '아, 보건소에 가서 검사받아 보자.' 2월 28일 화요일, 학교에 잠깐 출근하는 날이었다. 딸은 집에서 잠깐 쉬기로 하고, 나는 출근 전에 보건소로 갔다. 보건소 의사 선생님이 왜 왔는지 질문을 하셨다. 처음 진료받았던 병원으로 돌려보낼까 봐 염려되었다. 다행히 보건소에서 검사받을 수 있게 허락해 주셨다. 3월 3일 금요일, 드디어 보건소에서 연락이 왔다. 받은 검사 결과가 나왔다. '어떤 결과가 나와도 실망하지 말고 그 결과로 다시 시작하자.'라고 스스로 위로를 하면서 갔다. "빈혈이 있으시네요." 의사 선생님이 말씀하셨다. "콜레스테롤은요?" 나는 긴장된 목소리로 여쭈어보았다. "총콜레스테롤 수치가 198로 정상입니다. 그동안 쓰러질 것 같았던 이유가 빈혈이었음을 확인하는 순간, 몸과 마음이 날아갈 듯 가뿐해졌다. 콜레스테롤 수치를 떨어뜨리기 위해, 1개월 동안 너무 적은 양의 음식과 과한 운동을 한 것이 빈혈을 일으킨 것이다. 얼마나 감사한 결과인가! 콜레스테롤약은 딸이 있는 동안 3일만 먹었다. 3일 동안 하루 한 알씩 3알을 복용한 것이 바로 수치를 그렇게 떨어뜨렸을 것 같지는 않았다. 그렇다면 이제 그 약을 복용할 이유가 없겠다는 결정을 내렸다. 빈혈이었던 거다. 콜레스테롤을 떨어뜨리기 위해 간장 종지 같은 작은 그릇에 음식을 담아서 먹었다. 하루도 쉬지 않고 매일 약 두 시간씩 강한 운동을 했다. 젊은 사람들도 쓰러질 수밖에 없는 처절한 몸부림을 친 1개월이었다. 이제 더 잘 먹고, 매일 조금씩 운동하고, 쉬면 되는 것이다. 남은 콜레스테롤 약통을 버렸다. 콜레스테롤 사건은 나에게 또 한 번의 좋은 기회가 되었다. 콜레스테롤 수치를 떨어뜨리기 위해 애쓰면서, 내 몸속의 혈액을 깨끗하게 만드는 방법을 알게 된 것이다.

요즘은 출퇴근할 때 걸어 다닌다. 학교 급식을 먹지 않고, 내 건강에 맞춘 점심 도시락과 간식을 배낭 가방에 넣어 간다. 시원한 아침 햇살, 오후의 따스한 태양 빛이 나를 더욱 건강하게 해준다. 딸과 함께 '올티스'라는 찻집에서 다도를 배우며 차를 마시고 난 후, "엄마, 이제 이걸로 차 마시면서 릴렉스하게 지내야 해!" 말하며 딸이 사 놓고 간, 작고 예쁜 찻주전자와 찻잔이 집에 있다. 작고 예쁜 유리 찻잔에 따뜻한 생강차가 담겨 있다. 이젠 빈혈기도 사라졌다. 학교에서 아이들과 맘껏 활동할 수 있게 된 것이 가장 기쁘다. 학교에서도 너무 잘하려고 애쓰기보다는 할 수 있는 능력만큼만 하려고 한다. 못하는 것은 못 하는 대로, 실수한 것은 실수한 대로, 인정하며 받아들이기로 마음을 갖는다. 완전하게 해내려고 온갖 애를 써왔던, 쫓기는 듯한 삶을 멀리하려 한다. 따스한 차를 마시는 속도로 여유 있게 호흡하며 살아야겠다. 그 삶을 제주도에서 시작한다.

함덕 서우봉 언덕에 핀
유채꽃을 바라보며

학교 근무를 마치고, 북촌 바닷가 마을을 걸었다. 함덕 서우봉까지 올라갔다. 서우봉 둘레길을 따라 걸어서 함덕 바다까지 왔다. 바닷가에 있는 학교에서 출발하여 큰 도로변 인도를 따라 200미터쯤 걸으면, 해동마을길로 들어가는 좁은 시골길이 나온다. 그 길 따라 마을 안으로 들어가면, 서우봉으로 올라가는 둘레길이 보인다. 함덕 바다에서 서우봉을 오르는 것은 여러 번 해보았지만, 북촌 마을에서 서우봉으로 걸어가는 것은 처음이다. 학교에서 교사 연수 시간로 제주4.3사건과 관련된 북촌 마을을 탐방하는 일이 있었다. 역사를 배우는 시간이 있었는데, 그때 학교 옆 마을에서 서우봉으로 올라가는 길을 보게 되었다. 이제는 퇴근하면서 맑은 산 공기를 마실 수 있겠다는 생각에 더욱 기뻤다. 서우봉 언덕에서 내려다보이는 바다가 넓게 펼쳐져 있다. 바다 한가운데에 고깃배가 떠 있고, 하늘에는 하얀 구름이 쾌청한 날씨라고 말해주는 듯했다. 오래전에, 4.3 사건으로 그런 큰 아픔을 겪었다는 것을 상상하지 못할 만큼 평화로워 보이는 마을이었다. 조금 더 올라가니 평소에 산책할 때 보이던, 서우봉 산길이 나타나 정말 반가웠다. 그 아래로, 함덕 바다가 맑은 바다색을 자랑하고 있었다. 유채 꽃밭에서 유채꽃보다 더 활짝 웃는 모습을 하며, 사진 찍는 사람들은 보니 나도 활짝 핀 유채꽃처럼 웃었다. 그 풍경을 바라보며, 함덕해수욕장이 내려다보이는 서우봉 언덕 의자에 앉아 간식을 먹었다. 사과, 방울토마토, 견과류를 먹었다. 지금 나에게 보이는 이 일들이 꿈만 같았다. 유채 꽃밭을 지나 서우봉 언덕길을 내려오니, 함덕 바닷가에 생선구이 음식점이 보였다. 9천900원에 생선구이를 먹을 수 있는 집이었다. 바다가 바라보이는 창가에 자리를 잡고 앉았다. 고등어 구이, 미역국은 내가 가장 좋아하는 음식이다. 산책 후 먹는 밥이어서 그런지 다 맛있었다. 바닷가에는 여행을 온 사람들이 이곳저곳에서 행복한 모습으로 바다를 누리고 있었다. 이렇게 아름다운 바다와 행복해하는 사람들을 일상에서 볼 수 있다니 기적처럼 느껴졌다.

　요즘 교실에서 여러 가지 힘든 상황들이 벌어지곤 한다. 다른 아이들과는 다르게 폭력과 욕을 많이 하는 한 아이로 인한 일들이다. 하루에 한두 분의 학부모님으로부터 전화가 걸려 온다. 그 아이로 인해 자녀가 힘든 상황을 겪었음을 호소하시는 것이다. 새벽까지 잠을 못 자고 뜬 눈으로 보내는 날도 며칠 보냈다. 이 일들을 통하여 나는 다시 한번 나의 행동에 대하여 생각했다. 나는 교실 안에서 일어나는 일들을 내 책임으로만 생각하며 살아왔었다. 하지만, 한 순간 한 아이의 충동적인 행동으로 빌어지는 일들이, 나로 인해 일어나는 문제가 아님을 경험한다. 그 아이의 전반적인 것을 고치려 하거나, 무언가 대단한 결단으로 뛰어들면 오히려 서로에게 안 좋은 일들만 생긴다. 나 자신을 지키며 성숙한 모습으로 반응할 힘을 기르는 기회라고 여긴다. 바다가 보이는 서우봉 올레길을 걸으며 나를 응원했다. '잘하고 있단다. 정말 잘하고 있어. 그 아이가 그런 건 네 책임이 아니야. 너의 책임은 그 상황까지만이야. 이후에 그 아이에 대하여 싸안고 집에 가지 마. 그리고 책임감으로 무게를 지고 다니려 하지 마. 하루하루 할 수 있는 일만 하면 돼.' 이런 생각을 하며 걸었다. 바다가 더 넓어 보였고, 하늘이 더 아름다워 보였다. 유채꽃도, 행복해하는 사람들도, 나를 더욱 행복하게 해주었다. 그래, 내가 할 수 있는 건 거기까지야.

남편으로부터 힘들어했던 때를 다시 떠올려 보았다. 남편과의 사이에서 일어나는 힘든 일들을 다 내 책임으로 받아들였었다. 내가 무능해서, 여성스럽지 못해서, 능력이 없어서, 남편을 화나게 하고 있나 하는 그런 이상한 자책감 또는 책임감이었다. 잘못되어지는 일은 다 내 책임인 듯한 짐을 지고 살며, 혼자 스스로 다 감당하고 해결해 나가려 했다. '아, 그때 그 상황들이 나의 문제 때문에 일어난 건 아니었어. 그런데 나 혼자 늘 그 짐을 지고 있었어. 이제 그렇게 살지 않을 거야.' 지금 힘든 교실 상황도 다행히, 교육청의 지원을 받아 도움을 얻을 수 있게 되었다. "선생님이 혼자 감당하겠다고 말씀하시지 마세요." 하시며, 교육청에 정서 지원 선생님 지원을 요청해 주신 선생님이 고마웠다. 좋지 않은 상황에 나를 끌어넣으려 하지 말고, 그 상황과 나를 분리하여 바라보자. 그 상황을 내가 만든 것이 아니니까!

서우봉 언덕에 핀 유채꽃이 참 아름답다.

천천히 나를 찾아가자

"서두르지 마, 서두르지 마."

함덕 메리 굿 공연 중에 나온 말이다. 함덕 메리 굿은 함덕해수욕장 근처에 있는 작고 아담한 건물 1층에 있다. 공연과 함께 식사를 즐길 수 있는 곳이다. 2023년 3월 18일 토요일 오후, 교육청에서 4시간 동안 연수를 받고, 버스를 타고 집으로 왔다. 집에 도착하니 저녁 6시였다. 함덕 메리 굿에 갈 생각을 하니 살짝 긴장되었다. 공연과 함께 식사하는 곳이기에 의상도 좀 신경을 써야겠다고 생각했다. 깔끔한 옷차림과 발목 위까지 오는 부츠를 신고 바바리를 걸쳤다. 바바리에 어울리는 머플러도 둘렀다. 예약한 시간은 저녁 7시라서 천천히 걸어가도 여유 있게 갈 수 있는 거리였다. 딸이 추천해 준 곳이다. "엄마, 거기 꼭 가봐야 해. 내가 가보고 싶었는데 엄마가 꼭 가보고 어떤 곳인지 말해줘야해!" 오후 6시 45분, 공연 시작 15분 전에 도착하니, 검은 커튼으로 문이 가려져 있어서 건물 안이 보이지 않았다. 정확히 6시 45분이 지나자 바로 커튼이 걷히며 문이 열렸다. 아주 작고 아담한 공간이었다. 공연에 쓰이는 소품들이 이곳저곳에 놓여 있었다. 어떤 공연이 펼쳐질지 더욱 궁금해졌다. 예약한 테이블은 나를 포함해서 다섯팀이었다. 모녀의 모습도 보이고, 젊은 남녀 두 쌍, 한 팀은 여자 친구들끼리 온 듯했다. 젊은 여자분 두 분이 우리를 맞이해 주시고는 바로 요리를 준비하러 들어가셨다. 음식은 언제 나오는지, 공연은 누가 하는지, 궁금증을 가득 안은 채 흘러나오는 음악을 들으며 자리에 앉아 내부를 훑어보았다. 7시가 되자, 검은색 옷차림의 두 젊은 여자 분이 등장했다. 요리하던 분들이었다. 반갑게 우리를 맞이하는 말을 뮤지컬 분위기에 맞는 노래와 동작으로 공연하듯 했다. 목소리가 정말 시원스럽고도 맑았다. 서울의 큰 뮤지컬 공연장에서 본 유명한 뮤지컬 배우들을 보는 듯했다. 처음부터 설레었다. 그렇게 30분 정도 두 분이 공연하는 동안 배가 고파왔다. '음식은 언제 나올까?' 생각하는 순간, 공연을 하던 두 분이 상차림 내용이 들어간 말을 뮤지컬 공연으로 자연스럽게 바꾸었다. 그러고는 인터넷으로 미리 주문했던 주스를 테이블 위에 갖다 놓았다. 바로 이어서 푸짐하고 먹음직스러운 한 상을 차려 테이블 위에 내려놓았다. 공연을 보러 온 사람들이 서로를 위해 건배를 하고, 생일인 분을 위한 축하도 해주었다. 이런 순간들을 자연스럽게 이끌어 가는 것도 공연의 한 부분인 듯했다. 30여 분 동안 식사를 하고 난 후, 뒷이야기를 다시 공연했다. 바쁘게 서둘러 쫓기듯이 살지 말고, 천천히 내 안에 있는 꽃을 가꾸며 살자는 이야기를 들려줬다. 작은 뮤지컬을 보는 동안 눈물을 흘릴 뻔했다. 공연을 보러 오면서 혼자 스스로 나에 대해 생각했던 내용이 공연에 고스란히 담겨 있었기 때문이다. '무슨 일이든지 천천히 하자. 살살 하자. 서두르지 말자. 운동도, 일도, 산책도, 사람들 만나는 것도…. 살살 하자. 쫓기는 듯한 삶이 아니라, 이제는 내 안의 나를 찾아 가꾸며 여유 있게 살자.' 이렇게 생각하며 공연장에 왔다. 나는 공연 내용을 전혀 알지 못하고 왔는데, 내 생각과 같은 이야기이기에 더욱 감동했다. 살짝 눈물이 나는 모습을 두 배우분이 본 듯했다. 노래와 연극 모두 다 정말 멋진 모습이었다. 이렇게 좋은 자리에 나 자신을 위해서, 내가 스스로 예약하고 찾아온 것이다. 4만 5천 원이라는 돈이었지만, 전혀 아깝지 않았다. 맑고 평화로워 보이는 함덕 바다를 바라볼 때처럼 행복하고 기뻤다. 내 안의 나를 바라볼 수 있는 여유를 가진 후, 집으로 돌아오는 시간 동안 나 자신이 더욱 존귀하게 느껴졌다.

다음 날, 일요일에는 교회에서 예배를 드리고 점심을 먹은 후에 냉이를 캐러 밭으로 갔다. 제주도에 사시는 한 집사님이 밭에 냉이가 많으니 그 밭에 와서 캐다 먹으라고 했다. 선흘에 있는 밭이었는데, 잡초들 사이사이에 냉이가 많이 있었다. 같이 가신 분이 호미를 갖다주셨다. "저는 운동복만 엄청 많아요. 제주도에 살면 다른 옷이 거의 필요 없어요." 운동복 차림의 씩씩한 모습으로 나에게 호미를 건네주며 말했다. 나도 교회 예배가 끝나고 집에 들러 편한 복장으로 입고 왔다. 햇살이 따사로웠다. 넓은 밭 여기저기에 있는 냉이를 찾아다니며, 호미를 든 손에 힘을 주었다. "이 밭에서 다 다듬어서 가야 해요. 그냥 가지고 가면 그거 다듬느라 시간 엄청나게 오래 걸려요." 캔 채로 바로 자루에 담고 있는 내 모습을 보시며 하신 말씀이다. " 아, 그래요? 나는 많이 캐서 집에 가서 다듬으려고 했는데, 제 욕심 때문에 힘들어질 뻔한 거네요?" 나는 얼른 자루 아래를 잡고 담았던 냉이를 뒤집어 쏟았다. 하나씩 깨끗하게 다듬어서 다시 넣었다. 천천히 여유 있는 마음이 필요했던 것인데, 또 욕심 채우느라 힘들 뻔했다. 우리는 냉이를 캐면서 살아온 이야기를 자연스럽게 하기 시작했다. 집사님이 살아온 이야기를 들려주었다. 고향인 경주를 떠나 고교 시절 부산에서 생활했던 이야기, 해외여행을 할 때 우연히 처음 만나는 사람들과 대화하다 보니, 모두 비슷한 고민을 하고 있다는 것에 위로받게 되었다는 이야기, 이루고 싶었던 숙박업을 제주도에서 하고 있다는 이야기를 스스럼없이 오래전부터 만난 사람에게 들려주듯이 말했다. 나는 폐암 수술 후, 서울을 떠나 포항, 강릉을 거쳐 이곳 제주도에 오기까지의 이야기를 했다. 한 번도 만난 적 없는 사람과 이렇게 친근한 시간을 갖는다는 것이 참 신기했다. 어느 순간 우리는 바닥에 궁둥이를 붙인 자세로 서로를 바라보며 이야기하고 있었다. 이런 시간을 가져 본 적이 언제였을까? 나에게 냉이를 캐러 가자고 말한 집사님이 고마웠고, 냉이 캐는 일을 선택한 나를 칭찬했다.

서담채에서 드로잉을 하다

제주도에는 아기자기한 체험 장소가 참 많다. 서담채라는 곳도 그중 한 곳이다. 서담채는 딸의 소개로 알게 되었다. 독서 모임, 영어 공부 모임, 요리반 등 다양한 체험 행사가 열리는 공간이다. 2023년 3월 25일 토요일, 서담채에서 진행하는 다양한 프로그램 중에서 나는 일러스트레이터에게 배우는 드로잉 프로그램에 참여했다. 오전 10시 시작이라서 부랴부랴 서둘러 갔다. 길가 건물 1층에 있었다. 공간은 좁았지만, 한쪽 벽이 책으로 빼곡히 채워진 공간은 차분하고 섬세한 느낌이 들었다. 실내 가운데 공간에는 긴 테이블 하나가 놓여 있었고, 테이블을 가운데에 두고 양쪽으로 각각 7명 정도가 앉아 있었다. 전부 다 젊은 여성들이었다. 나와 나이 차이가 크게 나는, 젊은 사람들과 무언가를 함께 한다는 것에 살짝 긴장되었다. 이곳에 온 이유는 크게 두 가지이다. 하나는 새로운 소재를 통해 나 자신과 마음의 대화를 나누는 것, 또 한 가지는 새로운 사람들을 만나 특별한 경험을 하는 것이다. 강사와 수강생들 각자 소개가 끝나고, 바로 소프트 오일 파스텔을 사용하여 색칠 연습을 했다. 크레파스와 비슷한 질감이지만 더 부드럽고 매끄러웠다.

내가 좋아하는 색 3가지를 선택하기 위해 여러 가지 색을 칠해 보고, 연필로 스케치한 후 미리 고른 3가지 색을 이용하여 색을 입혀갔다. 살짝 긴장되었다. 색을 고르면서 이색 저색 칠해 볼 때는 어린아이처럼 행복했다. 완성될 작품을 기대하며 한 면 한 면 색으로 채웠다. 시간 안에 완성해야 하는 부담이 살짝 생기자, 나는 나에게 이렇게 말해주었다. '조바심 내지 말자. 다 못해도 돼. 잘하지 못해도 돼. 지금 내가 행복하고 좋은 시간 보내면 되는 거야. 다 할 수 있어.' 그림의 주제는 '봄을 담은 자동차'다. 강사님이 미리 그려 놓은 작품을 보고 그대로 따라 그리면 된다. 도화지의 아랫부분 가운데에 자동차가 그려져 있고, 자동차 위로는 도화지 전체를 원 모양으로 감싸며 꽃과 꽃잎들로 채워져 있다. 화사한 봄의 꽃들을 가득 담고 달려가는 자동차 안의 모습이 얼마나 행복할지 상상하게 하는 그림이다. 참여한 사람들 모두의 색, 그림 선 느낌이 다 달라서 신기했다. 어느 분은 빨간색 자동차로 표현하여 젊고 패기가 넘치는 듯한 분위기를 자아냈다. 그 자동차 그림에 창문도 그렸는데, 고양이가 차창 밖으로 고개를 내밀고 있었다. 그림 그리는 시간이 다 끝나고, 각자의 그림을 들어 보여주었다. 디자인은 같고, 색칠만 다르게 했을 뿐인데, 그 색에 그림을 그린 사람의 정서를 다 담고 있는 듯했다. 서로 그림을 그리는 데 집중하느라 말은 없었지만, 같은 그림을 그리면서 젊은이들과 함께 할 수 있어서 뿌듯했다. 그리고 내가 선택한 색이 특별하듯이 다른 사람들이 고른 색도 특별하다는 것을 보게 되었다. 이렇게 차분하게 자기 내면을 잘 돌봐주는 시간을 갖는 젊은이들이 대견스러웠다. 도화지에 그린 그림처럼, 젊은이들이 늘 소망을 품고 아름다운 삶을 이루어 가기를 바랐다. 가벼운 마음으로 스케치, 색칠한 것처럼, 하루하루 주어지는 일들도 스케치, 색칠하듯이 해나가야겠다. 색이 살짝 그림 선을 삐져 나갔어도, 그림을 버리지 않고 완성하기 위해 다듬은 것처럼 삶도 그렇게 살아내야겠다. 서담채에서의 드로잉 시간은 다른 사람들의 그림을, 긍정적인 마음으로 바라볼 수 있는 따사로운 마음을 키워주었다. 내 작은 방안 벽에는 그림 세 작품이 벽에 기대어 놓여 있다. 두 작품은 딸과 함께 유화물감을 사용하여 그린 그림

이다. 유화 그림을 그렸던 화실은 서담채와는 다르게 오로지 딸과 나, 우리 둘만이 그림을 그렸던 아주 좁은 공간이었다. 바닷가 저녁노을을 주황색으로 표현한 그림은 딸이 그린 것인데, 그 그림을 볼 때마다, 딸이 그림을 그릴 때 그 모습이 그대로 떠올려진다. 제주도에서 살아가는 동안 다양한 분야의 사람들을 찾아다니며 만나고 싶다.

내 방폭은 세 걸음이다.

　내 방은 아주 좁다. 잠을 자기 위해 누우면 발끝 지점에 좁은 싱크대가 있다. 싱크대 위에는 넣을 곳이 없어 들여놓지 못한 그릇들이 조금 쌓여 있다. 머리맡 바로 가까이 베란다 문밖에는 세탁기가 있다. 세탁기가 있어서 정말 다행이다. 현관문으로 나가는 통로 오른쪽에는 작은 냉장고와 붙박이장이 나란히 놓여 있다. 붙박이 장 안에는 봄, 여름, 가을 겨울옷이 어느 정도는 구분이 되어 걸려있다. 냉장고 옆에 책상 하나, 책상 옆에 붙박이 서랍장이 있고, 서랍장 위에 작은 흰색 밥솥, 커피포트, 나무 십자가, 예수님 형상이 새겨진 작은 액자가 있다. 붙박이 서랍장 위에 있는 텔레비전은 다이소에서 5천 원에 산, 강아지 그림이 그려진 천으로 덮어 놓았다. 나는 텔레비전을 시청하지 않는다. 천으로 덮어 놓은 텔레비전 위에 딸과 함께 제주도 화실에서 그린, 자그마한 그림 두 작품이 떨어질 듯 말듯 아슬아슬하게 올려져 있다. 그 액자 바로 옆에는 딸이 써준 엽서가 휘어진 채로 간신히 버티고 있는 모양새다. 텔레비전 옆에는 당근마켓에서 산 흰색의 귀엽게 생긴 밥솥, 그 옆에는 식물 두 가지가 각각의 페트병 안에 있는데, 싱싱하게 잘 크고 있다. 이곳에 들어올 때 만난 식물인데, 아직 내 손에 의해 잘살고 있어서 다행이다. 책상 위에는 노트북, 화장품, 몇 권의 책, 공책이 세워져 있다. 붙박이장 맞은편 현관문 바로 옆에 좁은 화장실이 있다. 좁지만 샤워도 할 수 있다. 방의 전체 길이는 다섯 걸음 정도가 된다. 폭은 짧은 3걸음 정도다. 이렇게 좁은 곳에서 몇 개월 동안 생활을 하고 있다. 이곳에서 나에게 필요한 일들을 다 한다. 책도 읽고, 영화도 보고, 밥도 지어 먹고, 커피도 마시고, 빨래도 하고, 일기도 쓰고, 식물도 키운다. 꼭 필요한 물건들만 나와 함께 있다. 이것들 외에 무언가 더 필요하다는 생각 없이 지낸다. 문밖에 나가면 내 것처럼 누릴 수 있는 것이 참 많다. 하늘도, 땅도, 바다도, 바람도, 공기도, 새도, 꽃도, 주변의 풍경들도, 산도 그렇다. 그래서 나는 부자다. 이렇게 자유하고, 여유 있는 마음으로 살아가는 지혜와 힘은 암 수술 후 얻었다. 암이 가져다준 선물이다.

딸 맞이 대청소

오늘은 2023년 5월 29일 월요일, 내일 30일 화요일에 딸이 온다. 아침에 일어나 고민한다. 예쁜 카페에 다녀와서 청소할까 아니면 청소하고 나서 카페에 갈까. 그동안 일상을 살아내느라 제주도에 와서도 혼자 예쁜 카페에 가지 못했다. 그러다가 오늘 공휴일이라 혼자 스스로 기대하고 있었다. 내가 지내고 있는 원룸형 방은 침대가 없고, 딸과 나란히 누우면 빈틈이 없을 정도로 좁은 공간이다. 매일 정리하고 치우며 산다고 해왔는데도, 좁은 방안에 이것저것 너저분하게 놓여 있다. 좁은 방이 더 비좁아 보인다. 이불은 아직도 솜이불을 덮고 있다. 딸은 이 겨울 솜이불이 불편할 것이기에 얇은 이불을 하나 살까도 생각한다. 싱크대 위에 있는 찬장과 싱크대 아래에 있는 문을 열어보아도 그릇, 냄비, 반찬통들이 가득 놓여 있다. 화장실을 들여다보니, 벽이 곰팡이 색으로 군데군데 덮여 있다. 직장에 다니며 퇴근 후에는 운동하고, 책을 읽고, 글쓰기 공부를 하느라 손이 덜 간 것이 확인된다. 미국 유학을 준비하고, 또 유학에 필요한 학비를 마련하기 위해 장학금을 지원 신청하느라, 1년 동안 쉴 새 없이 고생한 딸이 편히 쉴 수 있는 공간이 되어야 할 텐데, 이 상태가 되어 있다. 예쁜 카페에 가는 것을 뒤로하고 대청소 해야 하는 상황이다. 아침 식사를 마치고 설거지하고 나니 오전 10시다. 우선 부엌부터 치우기 시작했다. 찬장에 있던 영양제들, 밥그릇, 국그릇, 크고 작은 접시들, 반찬통, 냄비들을 다 끌어냈다. 찬장 중간 칸에 몇 가지 영양제를 놓고, 아래 칸에는 그릇을 정리했다. 싱크대 아래에는 반찬통과 냄비를 가지런히 놓았다. 그다음, 책상 위 물건과 서랍 안에 쌓아 놓은 물건을 방바닥에 다 모아 놓았다. 버릴 것들이 참 많다는 것에 놀랐다. 평상시에 필요 없는 것들은 다 버린 줄 알았는데, 또 이렇게 많이 쌓여 있다니. 지금 당장 읽지 않는 책들은 이불장 안 빈 곳에 쑤셔 넣었다. 옷장을 보니 아직 겨울 옷이 걸려있기도 하다. 겨울 옷들을 다 걷어서 세탁기에 넣고는 울 샴푸 세제를 이용하여 돌렸다. 베란다의 상태가 험악하다. 비바람이 몰아치는 날이 많아서 그런지, 베란다 바닥이 흙먼지로 덮여 있어 지저분하다. 베란다 청소 세제가 없어서 빨래 세제를 바닥에 뿌리고, 수세미로 박박 닦은 다음 베란다에 있는 수도꼭지를 돌렸다. 콸콸 쏟아져 내리는 수돗물 덕분에 흙먼지로 시커멓게 덮여 있던 바닥이 깨끗한 제모습을 찾았다. 가끔 이렇게 닦는데도 금세 흙먼지로 덮이곤 한다. 베란다에 창문이 없기 때문이다. 슬슬 배가 고파 왔다. 아직 화장실 청소와 방 청소가 남았는데, 벌써 오후 1시를 넘겨 가고 있었다. 잠깐 쉬면서 1일 견과류 한 봉지를 뜯어 입안으로 쏟아 넣었다. 화장실 청소를 하기 위해 부엌에서 사용하던 고무장갑을 이용했다. 부엌용은 다시 사야겠다. 곰팡이 제거 세제를 변기, 욕실 벽, 바닥에 넉넉하게 뿌렸다. 고무장갑을 끼고 수세미로 힘주어 닦고 있으니, 마음이 편해졌다. 이제 청소가 끝나간다는 생각에서다. 차가운 물로 좍좍 씻어내고 나니 마음도 시원해졌다. 다 되어 간다. 마지막으로, 널려 있던 빨래를 정리하고, 방바닥에 깔려있던 이불도 개어 제자리를 찾아 넣은 후, 청소기로 방 먼지를 빨아들였다. 물걸레로 방바닥을 닦고 나니, 방안이 그래도 조금은 넓어진 느낌이다. 이렇게 딸을 맞이하기 위한 대청소를 오후 2시쯤에 끝마칠 수 있었다. 이불을 사러 갈 시간이 없다. 이불은 그냥 지금 덮고 있는 것으로 사용해야겠다. 아침에 먹다 남은 반찬과 밥으로 점심을 먹고, 어제 사다 놓은 체리와 방울토마토로 입맛을 달콤하게 했다. 오후 3시가 다 되어간다. 예쁜 카페는 딸과 함께 가야겠다. 잘됐다. 오늘은 서우봉 둘레길을 걷기로 하고, 가뿐한 마음으로 나섰다. 왕복 시간은 넉넉히 1시간 30분 정도가 걸린다. 서우봉으로 가는 길은 함덕해수욕장을 지난다. 바다를 즐기러 온 사람들이 참 많다. 나도 내일부터 한 달 동안은 이 아름다운 바닷가를 딸과 함께 걸을 수 있다. 서우봉을 돌고 집에 들어오니 청소하기 전보다 넓어진 듯한 방이 밝고 깨끗했다. 딸이 한 달 동안 이곳에서 행복하게 지냈으면 좋겠다. 오늘도 감사한 하루다.

내가 선택한 나

오늘 여권을 만들기로 했다. 연휴였던 주말에 서울에 있는 딸과 통화를 했다. "엄마, 혹시 나 미국에 갈 때 엄마도 가고 싶어?" 딸 목소리가 맑았다. "그럼, 엄마도 가고 싶어." "엄마, 나 비행기표 예매할 거야. 그럼, 엄마 여권 확인해 봐." 여권을 확인해 보니 2022년이라는 숫자가 보였다. 연휴가 끝나고 첫 출근을 한 오늘, 조퇴하고 여권을 만들기로 했다. 부모의 경제적 지원을 받지 못하는 가정 형편에도 불구하고, 미국에서 공부하고 싶어 유학 준비와 장학금 준비를 해오던 딸이다. 드디어, 한 학기 장학금을 받고 미국으로 유학하러 간다. 그 이후의 학비는 공부하면서 구하기로 하고, 용기를 내 떠나는 딸이 기특하기도 하고 안쓰럽기도 하다. 이런 딸과 며칠이라도 낯선 땅에서 함께 있어 주고 싶은 마음이다. 미국에 다녀오려면 여권을 만들어야 한다. 딸이 오늘 저녁 6시 40분에 제주도 공항에 도착한다. 배웅하러 가는 사이 시간에, 여권을 만들기로 하고, 아침에 출근할 때 옷에 신경을 썼다. 사진이 잘 나오게 해줄 깔끔한 갈색 블라우스로 입었다. 나를 잘 표현해 줄 수 있는 옷이라고 생각했다. 여권 사진 촬영을 위해 아침부터 표정도 밝은 모습으로 유지하려고 노력했다. 하지만 오후 2시까지 초등학교 2학년 아이들과 쉴 시간 없이 보내고 나니, 쌩쌩했던 아침과 다르게 피곤함으로 구겨진 표정이다. 어젯밤에 미리 검색해 놓았던 사진관으로 들어갔다. 사진관의 분위기와 벽에 걸려있는 사진들을 보니 안심이 되었다. 검색 리뷰에서도 좋은 말들이 많이 있었기 때문이다. 아무도 없는 공간에 사장님과 마주 보고 앉아 있자니 나도 모르게 긴장된 표정으로 변한다. 카메라를 보는 순간, 어색한 미소를 짓게 되었다. 촬영이 끝나고 보정 작업이 다 될 때까지 차분히 앉아서 기다렸다. 10여 분이 지난 뒤, 다 되었다고 부르셨다. 사진은 맑고 깨끗하게 나왔지만, 내가 아닌 듯한 어색한 표정이다. "일반 증명사진으로도 만들어 드릴까요? 모두 8장인데 여권 사진 4장, 증명사진 4장으로 해드릴까요?" 사장님은 당연히 내가 만족스러워한다고 생각하는지 쉽게 말했다. 사진이 마음에 안 들었지만, 겉으로 드러내지 않고 그렇게 해달라고 대답했다. 사장님이 친절하면서도 정성으로 일을 하시고 있었기 때문이다. 그 사진관에서 나와 다시 제주도청으로 향했다. 하지만 마음이 개운치 않았기에, 운전하면서 사진관이 있는지 살폈다. 다시 촬영하고 싶었기 때문이다. 하지만 여권을 만드는 데 시간이 오래 걸린다는 글을 블로그에서 보았기에, 사진 촬영하느라 딸을 만나러 가는 시간을 놓칠까 봐 아쉬운 마음을 뒤로하고 제주도청으로 향했다. 제주도청에 도착할 때쯤, 좀 전에 찍은 사진이 다시 떠올려지며 새로 찍고 싶다는 마음이 훅 들어왔다. 그래서 제주도청 주변에 있는 사진관을 검색했다. 바로 도청 앞에 여권, 증명사진 전문 사진관이 보였다. 문을 열고 들어서니 여권 사진을 찍으러 온 사람들이 몇몇 있었다. 사장님과 촬영 기사님이 편안한 분위기로 맞아 주셨다. 다른 사람들도 들락날락하니 그저 일상처럼 자연스러운 마음이 됐다. 처음 사진관과는 달리 이곳은 서서 촬영할 수 있게 되어 있었다. 다소곳이 앉아 있어야 하는 어색함에서 벗어날 수 있었다. 평소의 당당하고 여유 있는 모습 그대로를 자연스럽게 표현하고 있는 나를 스스로 느꼈다. 사진을 출력하기 전에, 컴퓨터 화면으로 사진을 확인하고, 마음에 드는 것을 선택했다. 처음 사진관에서 받은 사진과는 달리, 자연스러운 모습 그대로를 잘 담아낸 사진이었다. 뿌듯하고 기쁜 마음으로 도청에 들어갔다. 2만 원을 더 낭비하기는 했지만, 나에게는 그 2만 원이 아깝지 않았다. 보일러 가스 비용 아끼려고, 한겨울에도 보일러를 외출로 설정해 놓고 지냈으면서 말이다. 나는 당당한 내 모습을 담아낸 사진을 갖기 위해 조금의 돈을 더 지출했다.

하늘색이 밝으면
바다색도 환하다

바다다. 나와 딸은 짧은 반바지와 슬리퍼를 신고 바다로 향해 걸었다. 선글라스와 모자도 챙겼다. 하늘이 청명하다. 하늘빛이 바다를 두르고 있다. 나와 딸은 바다색이 군데군데마다 다름을 발견했다. 어느 곳은 맑은 청색, 그 옆은 진하고 맑은 초록색, 모래사장과 가까이 있는 곳은 은빛이다. 검은 바위 색도 군데군데 보인다. 나는 딸과 함께 맑고 환한 빛으로 유혹하듯 자태를 뽐내는 함덕해수욕장 바다에 들어갔다. 고운 모래와 물이 발바닥을 보드랍게 감싼다. "엄마, 바다색이 달라." 딸이 신기한 듯 놀라워하는 목소리로 말했다.

"정말, 어제와 오늘 색이 다르네." 나는 어제 본 바다색을 떠올리며 말했다. "엄마, 어제는 바다색이 우중충해서 바닷속을 볼 수 없었던 거 기억나? 오늘은 바닷속 형체와 색들이 그대로 드러나 있어." "맞다. 어제와 오늘 바다색으로 보면 완전히 다른 바다에 온 것 같네. 어제는 하늘에 회색 구름이 깔려있었어. 오늘은 햇살이 끝내준다." 나는 새로운 현상을 발견한 기쁨에 들뜬 목소리로 맞장구쳤다. "엄마, 갑자기 아이들의 삶이 바다와 닮았다는 생각이 들어." 딸의 이 한마디가 나의 마음을 울렸다. 그렇다. 바다는 하늘 상태에 따라 색이 변한다.

　하늘이 부모라면 바다는 아이들이다. 부모의 기분에 따라 아이들의 정서가 나쁘게 형성되기도 하고 안정적이기도 하다. 가정의 분위기가 어두워지면 자녀들의 마음도 짙은 회색처럼 된다는 것을 딸은 경험했다. 대화보다는 권위적인 화법으로 가정 분위기를 사로잡았던 남편 모습이 스쳐 지나간다.

　밤늦은 시각, 긴장된 분위기가 집안에 흐를 때, 엄마인 나는 이러지도 저러지도 못하고 피하는 방법만 찾았다. 딸과 밤늦게 찜질방으로, 케페, 공원, 도서관, 교회로 갔다.

　나와 딸은 집밖에서 시간을 보내고 , 자정이 지나서야 집에 들어오곤 했다. 딸과 아들은 이런 가정 분위기 속에서 성장했다. 오늘은 함덕해수욕장에서 노르스름한 모래, 군데군데 놓여 있는 돌, 초록과 갈색빛의 해초 모습을 보았다. 밝은 햇빛 덕분이다. 딸과 나는 이 신비로운 바닷속 색깔들에 환호하며 첨벙첨벙 달렸다.

　"괜찮아." "잘 해냈어." "다음에 다시 하면 되지." "힘들었지!"라고 딸에게 말하며, 맑은 하늘을 닮은 엄마로 성숙해 가기 위해 내 곁에 있는 딸의 손을 꼭 잡아준다. 바닷속은 하얀 구름을 띄운 하늘빛의 사랑을 받으며 자기 모습을 제 색깔을 뽐내고 있다.

　신비롭기까지 한 그 풍경을 자세히 보고 싶어 고개를 숙였다. 기쁘고 행복한 마음에 햇살만큼 환한 웃음이 절로 난다. 시원한 물과 부드러운 모래의 감촉이 우리를 향해 속삭이는 듯하다.

　'지금 모습 그대로 좋아.'

하늘색에 따라 바다색이 달라진다. 나는 맑은 하늘빛 닮은 어른
이 되기 위해 오늘도 마음과 행동을 잘 가다듬는다.

나는 동물연대에
이메일을 보냈다

　동물연대에 이메일을 보냈다. 동물들이 사람들의 욕심 때문에 고통당하지 않도록 하는 일에 동참하기 시작했다. 겨울과 봄이 지나가고 여름이 성큼 다가왔다. 함덕해수욕장으로 들어가는 입구 쪽 도로 옆에 작은 컨테이너가 하나 있다. 그 컨테이너 외벽 전체는 꽃마차 체험 비용을 광고하는 전단으로 붙여져 있다. 4인에 3만 원, 8인까지도 탑승 가능, 할인 가격, 계좌이체 번호 등이 쓰여 있다. 오후 6시쯤 되면 꽃마차를 등에 지고 서 있는 말이 보인다. 1개월 전쯤에는 한 마리만 있었는데, 요즘은 두 마리다. 1시간이 지났지만, 손님이 없다. 마차 바퀴를 고정해 놓아서인지 말은 네 다리가 땅에 박힌 것처럼 미동도 하지 않는다. 아니, 움직이지 못하는 상황에 놓여 있다. 말은 다리가 아픈지 뒷다리를 번갈아 가며 한쪽으로만 지탱한다. 자세히 보니 말의 콧등이 움푹 패 있다. 그 패인 콧등에 말과 마차를 연결하는 줄이 댕겨져 있다. 말의 눈과 코 사이 얼굴에 난 털들이 군데군데 다 빠져 피부가 드러나 있다. 벌레가 다리를 무는지 한쪽 다리를 들어 무언가를 쫓는 모습이다. 꼬리를 자유롭게 흔들 수 없게 마차에 묶여 있다. 나는 마차를 지고 있는 말을 보며,

몇 개월 전에 돌보았던 강아지 두 마리가 생각났다.

　나는 2018년 폐암 수술 후, 몸의 빠른 회복을 위해서는 개고기가 좋다는 주변 어른들의 말을 듣고, 개고기를 먹었었다. 지금 돌아보면 무시무시한 행동이었다. 수술 후 2년 뒤에, 강릉에서 아들이 돌보고 있는 강아지 두 마리와 산책도 하고, 목욕도 해주고, 간식도 주고, 밥도 주고, 잠도 자면서 강아지를 바라보는 마음이 달라졌다. 아들은 유기견 두 마리를 차례로 입양했다. 그 강아지 두 마리와 몇 개월 동안 함께 지냈다. 강아지들과 함께 생활하는 것이 처음에는 어설프고 불편했다. 강아지들과 산책도 하고, 밥도 주고, 잠도 자면서 강아지 털이 보드랍고 포근하게 느껴졌다. 강아지들과 산책할 때면, 바쁘게 좌우로 움직이는 강아지들 꼬리를 본다. 내가 밥을 주려고 할 때, 털을 빗질해 줄 때도, 강아지들은 나에게 아기처럼 안아달라고 응석 부리듯이 다가온다. 강아지들은 눈빛으로 말을 하나 보다. 두 마리 중에서 한 마리가 아플 때가 있었다. 내가 강아지 털 빗질을 잘못하여 엉덩이쪽 살에 상처를 냈다. 엉덩이 아래쪽 다리 피부가 내 손바닥만큼 발그스름했다. 동물 병원에서 그 부위의 털을 밀고 약을 발라 주었다. 매일 아침저녁마다 연고를 발라 주고, 먹는 약을 숟가락으로 입에 넣어주었다. 나는 강아지의 상처가 다 나을 때까지 거르지 않고 약도 먹여 주고, 약도 발라 주었다. 아기를 돌보는 느낌이었다. 내 실수로 강아지를 힘들게 하고 아프게 했기에 더 미안하고 마음이 아렸다. 제주도에서 주말이나 휴일에 집에서 쉬고 있을 때, 간혹 강아지 짖는 소리가 들린다. 그럴 때면 내가 돌보던 강아지들이 생각나 베란다 문을 열고 내다본다. 산책하다가 어느 집 앞에 묶여 있는 강아지를 보면 쪼그리고 앉아 말을 걷기도 한다. 마차를 매달고 오랫동안 서 있는 말은 내가 돌보았던 강아지들처럼 나의 마음에 정겹게 다가왔다. 며칠 전에는, 함덕 해수욕장 입구에서 그 꽃마차에 8명의 성인이 타고 있는 것을 보았다. 말은 미끄러운 아스팔트 바닥을 밟으며 마차를 끌고 가고 있었다. 말의 가는 다리가 후들거리는 것을 보았다. 평지인데도 마치 가파른 언덕길을 기어 올라가듯 한 걸음 한 걸음 힘겹게 옮기고 있었다. 주인은 채찍을 내려치며 "이랴"를 외쳐댔고, 나는 그런 주인에게 야속한 마음이 들었다. 집에 와서 딸에게 이 이야기를 했다. 딸은 동물연대에 이 이야기를 이메일로 보내보라고 했다. "알았어." 나는 바로 실행할 것처럼 대답했다. 며칠이 지난 후, 저녁에 딸과 함께 말이 있는 곳을 지나 산책하게 되었다. "딸, 말이 불쌍해." "엄마, 오늘은 동물연대에 꼭 보내자. 내가 이메일 주소 찾아줄게. 엄마가 보내 봐." 나는 똑같은 대답을 했다. "알겠어." 또, 하루가 지나고, 오늘 산책을 하고 나서 드디어 '제주 동물 친구들'에 이메일을 보냈다. 마차를 끄는 말의 모습이 담긴 영상도 함께 보냈다. 제주 동물연대에서 다음날 바로 연락이 왔다. 내가 좋은 일을 한 건가? 실사를 나 오겠다고 한다. 법 규정도 잘 살펴본다고도 한다. 내가 갖게 된 마음과 생각을 행동으로 옮겼다. 새로운 용기로 움직인 도전이다.

에어팟을 변기에 빠뜨렸다

2023. 07. 01(토) 장마 기간 중이다. 아침에 살짝 비가 올듯한 구름을 보았다. 날씨 예보를 보니 비가 안 온단다. 지금 낮의 하늘은 푸르다. 고장 난 에어팟을 수리하려고 수리센터를 검색했더니 집에서 버스로 한 시간 거리다. 에어팟이 고장 난 건 2주 전이다. 2주 전쯤 다른 동료 선생님들과 교사 연수로 제주도서관에 갔다. 그때, 연수를 마치고 도서관 옆에 있던 카페에 갔다가, 카페 화장실 변기통에 에어팟을 떨어뜨렸다. 가방을 변기통 위에 놓고 볼일을 보고 나서 일어서는데, 변기통 위에 올려놓았던 가방이 살짝 기울어지면서 가방 안에 있던 에어팟이 변기 안으로 들어가 버렸다. 더럽다는 생각이 들었지만 어찌하랴. 바로 손으로 꺼내 물로 씻은 후 카페 밖에 나가 햇빛에 말렸지만, 작동이 되지 않았다. 가방을 걸어 놓을 수 있는 고리에 걸었으면 아무 일도 일어나지 않았을 텐데 말이다. 아들과 딸이 생일 선물로 사준 것이라 더 속상했다. 잘 챙기지 못한 내가 살짝 밉기도 했다. 에어팟 수리를 하기 위해 아침 10시쯤 시내로 가는 버스를 탔다. 버스 안에서 창밖을 내다보니 초록색으로 덮인 자연이 펼쳐져 있다. 고장 난 에어팟이지만 덕분에 나오길 정

말 잘했다는 생각이 들었다. 내가 찾은 애플 서비스 센터는 시내 중심가에 있었다.

"안녕하세요. 애플 에어팟 수리하러 왔는데요." 나는 직원을 바라보며 인사를 한 후에 조심스럽게 말했다. "아, 에어팟 수리는 건너편 하이마트 건물 2층에 있어요. 거기로 가보시면 되세요." 점원은 친절하게 안내를 해주었다. 이제는 에어팟을 사용할 수 있으리라는 기대감을 안고 건너편 하이마트 건물로 들어섰다. "안녕하세요. 에어팟을 수리하러 왔는데요." "예. 저 앞에 있는 컴퓨터로 접수를 해주시면 되세요." 이곳에서 일하는 점원 분도 친절하게 안내를 해주셨다. 컴퓨터로 접수를 마치고 나니 바로 이름을 불렀다. 점원 분은 에어팟을 받은 후 이것저것 점검하더니 의아한 표정을 지으며 말을 건넸다. "이 제품 어디에서 사셨어요? 정품인가요?" "네 아들딸이 사준 건데요. 정품이에요. 서울에서 샀을 거예요. 제가 전화를 해볼게요. 어디에서 샀는지 물어볼게요." 나는 살짝 긴장된 마음을 안고 딸에게 전화했다. "딸, 엄마 에어팟 수리하러 왔는데 이거 어디에서 샀어?"라고 묻자, 딸은 바로 대답했다. "오빠가 샀는데 인터넷에서 샀어." 인터넷에서 샀다는 딸의 말을 듣고 순간 속았겠다는 생각이 들었다. 점원 분이 '어디에서'라고 물어본 것은 서울이나 제주도를 말하는 것이 아니었으리라. "엄마, 그거 정품이라고 올려놓은 거 오빠가 샀어." 점원 분은 딸과의 대화 내용을 듣고 나서 "혹시 최근에 수리받은 적 있으세요?"라고 다시 물었다. "아니에요. 지금 처음 수리받는 거예요." 나는 의아해하면서 대답했다. "이 자료를 보여드리면 안 되는데 보여드릴게요. 여기 보시면 2022년부터 올해 6월까지 수리받은 기록이 이렇게 여러 번 있습니다." 점원 분은 노트북을 나에게로 보여주시며 자세히 설명해 주셨다. 내가 한 번도 수리받은 적이 없는데 내 기기 번호로 된 에어팟이 여러 번 수리한 기록이 있다는 것이다. 인터넷에서 정품이라고 속이고, 누군가가 가짜를 정품처럼 팔았기에 나는 서비스를 받지 못하는 억울한 일을 당하게 된 것이다. 다시 사야 하나 하는 생각에 에어팟 구매 관련해서 점원 분께 물어보았다. "에어팟 보험에 가입하면 2년간 어떤 경우에도 4만 원만 내면 새것으로 받을 수 있어요. 횟수에 상관없이 몇 번도 가능해요." 점원의 말에 솔깃했다. 왜냐하면, 나에게는 덜렁댐이 있기 때문이다.

나는 핸드폰이든 뭐든지 손에 들었거나, 가방에 넣었거나 잘 떨어뜨린다. "엄마에게는 그 보험이 괜찮다. 엄마가 잘 사용하게 될지 생각해 보고 결정하면 되지." 딸과 통화하고 난 후에 그냥 줄로 연결된 이어폰으로, 듣기로 했다. 딸이 이번에 제주도에 올 때 줄 이어폰을 갖다주기로 했다. 누군가는 에어팟을 가짜로 만들어 팔았다. 가짜가 정품인 줄 알고 산 사람은 아들뿐만이 아닐 것이다. 속이는 일을 연구하는 사람들이 더 늘어나고 있음을 뉴스를 통해 본다. 그 목적은 돈이다. 남은 인생 정신을 바짝 차리고 살아가려 한다. 속이는 자에게 당하지 않기 위해서다. 돈 욕심 때문에 다른 사람을 속이는 일도 하지 않기 위해서다. 물론 변기통 위에 가방을 놓기보다는 안전한 곳을 선택하는 내 주변 관리부터 시작하기로 한다. 그래서 오늘은 제주도서관 화장실에서 화장실 문에 달린 고리에 가방을 걸었다.

거리 두기로
성숙해져 가는 우리 가족

2018년 9월. 나의 폐암 수술 후 우리 가족은 모두 흩어져 지내는 모양이 되었다. 아들은 강릉에서 고등학교 기간제교사로 근무하고 있었고, 딸은 포항에서 대학교에 다니고 있었는데, 나와 남편도 서로 떨어져 지내게 되었다. 2023년 8월 30일은 폐암 수술 후 5년이 지난 날이다. 지금도 우리 가족은 다 흩어져서 생활한다. 아들은 강릉에서, 딸은 미국에서, 남편은 서울에서, 나는 제주도에서. 처음 1년 정도까지는 내가 남편을 떠나 다른 곳에서 살아가는 것이, 죄를 짓는 것처럼 느껴지기도 했다. "남편이 그러면 혼자 밥해 먹고 지내?" "가족이 다 떨어져 있네!" 나를 아는 대부분 사람이 이런 반응을 보였다. 나에게 이렇게 말하는 사람들의 말의 억양이나 말투에서 좋은 느낌을 받지 못했다. 그 당시 나 스스로 남편을 버린 것은 아닌가 하는 죄책감이 있기도 했기 때문에, 이런 나를 위로해 주고 괜찮다고 말해주기를 바랐던 것이리라. 우리 가족에게 5년은 진통의 시간이었다. 남편은 혼자 지내는 삶을 견디기 힘들어하며, 나를 자신이 있는 서울로 오게 하려고 했다. 나는 폐암 수술 후, 가장 몸과 마음이 힘든 시기에 아들과 함께 지냈다. 아들은 강릉에서 고등학교 교사로 근무하고 있었다. 20대 후반이었던 아들은 좁은 원룸에 살고 있었다. 나에게 작은 방과 침대를 내주고 자신은 다용도로 쓰이는 좁은 거실에서 잠도 자고 불편한 생활을 했다. 그래도 아들은 나에게 항상 밝은 표정을 지어 주고 긍정의 말을 해주었다. "엄마, 괜찮아." "엄마, 하고 싶은 대로 하면 돼요." 아들은 내가 폐암 수술 후, 몸과 마음이 무너질 대로 무너져 갈 때 기쁨과 웃음을 안겨 주었다. 아들과 1년 정도 생활하고 나서 포항으로 갔다. 그곳에서 딸과 2년을 함께 생활했다. 대학교 3학년에 재학 중이던 딸과의 생활은 아들과는 다른 느낌이었다. "엄마, 오빠와 나는 달라도 너무 달라." "오빠는 다른 사람을 너무 신뢰한단 말이야." 딸이 가끔 나에게 이렇게 말한다. 아들은 나에게 몸과 마음을 다시 건강하게 일으킬 힘을 주었다면, 딸은 새 일을 어떻게 찾아갈 지 도전의 눈을 뜨게 도와주었다. 딸과 지내면서 '한국어 교사자격증'을 취득하기도 했다. 그리고 기간제 교사로 다시 일할 용기도 갖도록 자극제가 되어 주었다. 내가 하고 싶어 했던 글쓰기를 하기 시작한 것도 딸의 응원 덕분이다. 딸은 내가 도전하도록 도전에 필요한 실제적인 자료들을 찾아준다. 그런 딸이 힘든 유학 준비 과정을 거쳐, 2023년 8월 2일에 미국 펜실베이니아 대학으로 유학을 떠났다. 부모가 지원해 줄 돈이 없다 보니, 딸 스스로 1년여 동안 안간힘쓰며 준비한 결과다. 우리 가족은 딸이 있는 미국에 다녀오기로 계획했다. 아들은 올해 겨울방학을 이용하여 동생과 함께 구정 명절을 보내고 오겠다고 한다. 남편과 나는 2024년 8월 여름에 가기로 했다.

우리 가족은 5년 동안 서로 떨어져 지냈다. 특별한 일이 없는 한 우리 가족은 앞으로도 계속 각각 다른 곳에서 생활하게 될 것이다.

남편도, 아들도, 딸도, 나도 성숙한 개인으로 자신의 삶을 잘 가꾸어 가고 있다. "같은 공간에 있다고, 다 좋은 가족이라고 할 수 없어요. 어떤 경우에는 떨어져 지내면서 각자 좋은 힘을 키워 가는 가족이 더 건강한 가족이 되기도 해요." 2019년 7월, 포항에서 내가 상담받을 때 상담 선생님이 나에게 해준 말이다. 우리 가족은 몸과 마음이 건강해지고 있다. 서로 거리 두기로 평행선을 그려 가며 말과 행동을 더 신중하게 한다. 가족은 나에게 각각 다른 모습으로 살아갈 힘을 주고 있다. 우리 가족은 서로 응원하고 격려하며 꿈과 소망을 키워나가고 있다.

아니야 내가 알아서 할게

　　내가 타고 다니는 차는 2003년식 쏘렌토. 내가 나이가 들어서 면역력이 떨어져 암에 걸린 것처럼 자동차도 몹시 아프다. 5년 전까지만 해도 나는 차에 대해서 알려고도 하지 않았고 아는 것도 없었다. 지금도 아는 것은 없지만 어쩔 수 없이 내가 타고 다니는 차에 관하여 관심을 가져야만 한다. 폐암 수술 후, 남편을 떠나 다른 지방에서 살아가기 시작하면서 쏘렌토 자동차는 내 생활에서 필수품이 되었다. 그런데 나에게 편리함을 안겨주던 차가 앓기 시작했다. 2019년 포항에서 지내던 때부터 차에 내장된 부품이란 부품은 해마다 두세 가지씩 새것으로 바꾸어야 했다. 2023년 1월에 제주도로 내려오면서 그 차도 가지고 왔다. 2023년 1월 25일, 딸과 함께 제주대학교 근처에 볼일이 있어서 그 차를 타고 다녀오고 있었다. 오랜만에 만난 딸과 함께 자동차 안에서 신나게 이야기하고 있는데, 갑자기 '텅, 텅' 하고 차에서 소리가 났다. 차의 아랫부분이 도로 바닥에 닿는 느낌이었다. 우리는 현대해상 보험회사에 전화했다. 한밤중에 자동차전용도로에서 갑자기 일어난 일이었다. 나는 놀란 마음을 딸 앞에서 추스르려고 애썼지만, 딸에게 들키고 말았다.

"엄마, 나도 이럴 때 있는데, 그때마다 벌어진 상황을 냉정하게 보면 진정되더라고." 오히려 나의 긴장된 마음을 딸이 누그러뜨려 줬다. "엄마, 이제 제주도에서 혼자 살면서 엄마가 다 알아서 해야 하잖아. 정말 냉정해져야 해." 그날 밤 우리는 차와 함께 시내까지 견인되어 갔다. "원래, 차만 견인하고 사람은 같이 못 가는데, 이곳에 대중교통이 없으니까, 시내까지만 태워다 드릴게요. 차 상태가 어떤지 카센터에서 확인해야 하는데, 오늘이 토요일이라서 그냥 카센터에 놓고 등록해 놓을게요. 다음에 카센터에 연락해서 알아보세요." 서비스 출동 기사님은 친절하게 안내를 해주셨다. 2월 25일 토요일 밤, 쏘렌토 차는 카센터에 놓았다. 2월 27일 월요일, 자동차가 있는 카센터에서 전화가 왔다. "이 쏘렌토 자동차가 몇 년식인가요?" "네. 2003년식입니다." "자동차 변속이 일어날 때 자동으로 잡아주는 조임새가 나갔습니다. 그래서 '턱, 턱' 바닥에 부딪히는 소리가 났던 것입니다." 카센터 직원 분은 자동차의 상태를 전문용어를 들어가며 자세히 말씀해 주셨다. 앞으로도 운행할 때 소리는 나겠지만, 타고 다니는 데는 아무런 문제가 없단다. 수리에 필요한 부품이 있는지 전국적으로 알아보았지만, 너무 오래된 차라서 부품이 없다고 한다. "폐차장에 연락해서 쏘렌토 차가 있으면 알아볼게요. 그런데 언제 연락이 올지는 몰라요." 그렇게 해서 3월이 지나갈 무렵까지 내 자동차는 카센터에 보관되어 있었다. 4월이 다가올 무렵 카센터에서 연락이 왔다. " 폐차장에서 부품이 나와서 우선은 가능한 한 조치를 했습니다. 동네에서 살살 움직일 때는 소리가 나지 않을 거예요." 하지만 내 자동차 쏘렌토는 그 이후로도 더욱더 크게 소리를 냈다. '쿵, 쿵' 뜸하게 나던 소리가 이제는

1초 단위로 났다. 타고 다니는 데는 아무런 문제가 없다고는 했지만, 운전하는 동안 차 안에서 내내 긴장해야 했다. 결국, 나는 차를 동네 무료 주차장에 주차해 놓고, 출퇴근할 때 버스를 이용했다. 7월 여름, 2주 동안 딸이 제주도에 내려와 나와 함께 지냈다. 우리 모녀는 '쿵 쿵' 거리는 자동차를 그대로 이용했다. "엄마. 이제 안돼. 폐차해야 해. 엄마 위험해서 안 돼. 엄마가 새 차도 사고, 이제 엄마가 해야 해. 아빠 두려워하지 말고. 차가 이렇게 된 것이 엄마가 잘못한 일이 아니잖아. 차가 폐차할 때가 돼서 그런 거지." 딸은 긴장하고 있는 나에게 위로하며 말했다. 나는 어떤 일이 잘못되면 남편을 두려워한다. 무슨 일이 잘못되면 남편은 그 일을 어떻게 해결하려는 방법을 같이 찾는 대화보다, 책망하는 말을 먼저 한다. 다 내 탓이다. 자동차가 오래되어 고장 난 것인데도, 남편으로부터 비난받는 소리를 들을까 봐 겁이 났다. 그렇게 반응을 보일까 봐 미리 남편을 두려워하지 말고, 이제는 스스로 내 것을 당당히 챙기고, 다 알아서 하겠다고 당당하게 아빠에게 말하라는 딸의 충고. 7월 22일, 나는 딸과 함께 남편이 있는 서울에 왔다. 남편과 이야기하다가 자동차에 대한 말이 나왔을 때 단호하게 말했다. "내가 할게. 폐차도 내가 하고, 새 차를 사는 것도 내가 알아서 할게." 남편과 떨어져 지낸 지 5년이 되어 가는 지금, 나는 "내가 알아서 할게"라고 말했다. 누군가에게는 별것 아닌 쉬운 말이지만, 나에게는 대단한 사건으로 남는 일이다. 여유 있는 말투, 자신감 넘치는 분위기를 뿜어내며 당당하게 말하고 있는 멋진 모습의 나를 보았다. 나는 나에게 주어진 삶을 하나씩 내 것으로 당당하게 찾아간다.

새벽에 함덕해수욕장에서 쓰레기를 주웠다

2023년 8월 26일 토요일 오전 6시. 함덕해수욕장으로 쓰레기를 주우러 갔다. 오른손은 기다란 집 개를 잡고, 왼손은 40kg 정도의 쌀을 담을 수 있는 마대 포댓자루를 들었다. 내가 제주도에 와서 다니고 있는, 함덕 교회 성도들과 함께 갔다. 함덕 교회 성도 분들은 올해 8월 한 달 동안 매주 토요일마다 오늘처럼 쓰레기를 주웠다고 한다. 나는 8월에 서울에 가 있느라 오늘 처음 참여했다. 평소에 해수욕장 주변을 산책할 때마다 하고 싶던 일을 드디어 하러 나갔다. 교회에서 출발하여 바닷가에 이를 때까지는 쓰레기가 별로 없어 포대가 가벼웠다. 함덕해수욕장 바닷가는 바닷물이 육지에 오는 것을 막기 위해 담을 쌓아 놓았다. 검은색 돌로 담벼락을 쌓아 놓은 곳이 대부분이다. 나는 담벼락을 타고 내려가 돌 틈 사이에 끼워져 있는 쓰레기들을 찾고 또 찾았다. 잔잔한 파도가 검은 돌벽을 칠 때 나는 조용한 파도 소리도 들리고, 바다 냄새도 났다. 돌 틈 사이에 끼워져 있는 쓰레기들이 잘 빼지지 않았다. 플라스틱으로 된 물병, 커피나 음료를 마시고 버려진 플라스틱 컵들, 비닐들, 심지어 남성 성기 모양을 한 성적인 도구도 있었다. 돌들 위에 컵라면과 같은 음식물 찌꺼기들도 널려 있었다. 빠지지 않는 쓰레기들을 빼내느라 한곳에 머무는 시간이 오래 걸렸다. 고개를 숙이고 돌 틈 사이에 낀 쓰레기 더미를 건드리는 순간, 바다만의 고유한 냄새를 뒤덮는 고약한 냄새가 났다. 돌 틈에 무더기로 쌓인 쓰레기 더미에서 퀴퀴한 냄새가 지독하게 올라왔다. 고약한 냄새가 나는 쓰레기들을 하나씩 꺼냈다. 몇 걸음 지나지도 않았는데 마대 자루가 무거워졌다. 사람들이 지나다니는 도로변은 담배꽁초가 많았다. 보이지 않는 돌 틈에 박혀 있는 쓰레기 때문에, 검은 돌들이 울고 있는 듯했다.

함덕 바닷가 검은 돌벽 위는 사람들이 앉아 있을 수 있는 1m 정도의 폭으로 되어 있다. 그 길 길이는 200m 정도다. 쓰레기를 주우며 가는 길 군데군데에, 몇몇씩 모녀 앉아 맥주도 마시고 컵라면도 먹고 있었다. 내가 그 사람들 옆을 지나갈 때 쓰레기를 넣은 마대에서 나는 악취로 인해, 그들이 괴로워하지 않도록 옆으로 비켜서 갔다. 그들이 음식을 먹은 후, 남은 일회용 그릇들을 바다 쓰레기로 만들지 않기를 바라는 조마조마한 마음을 안고 지나갔다. 함덕해수욕장은 바다색도 맑고 깨끗하다. 파도도 잔잔하며 물 높이도 낮아서 놀기에 안전하다. 해수욕장 옆에 있는 서우봉도 그 아름다움을 더해 준다. 오늘 쓰레기 줍는 일에 참여하기 전까지, 나에게 함덕해수욕장은 맑고 아름다운 곳으로만 보였다. 함덕 바다를 두르고 있는 돌벽 틈 사이에 끼워진 쓰레기가, 예전의 내 삶을 생각나게 한다. 겉은 아름답게 보이지만, 보이지 않는 곳은 앓고 있다. 내 인생도 그랬다. 남들이 보기에 겉은 완벽한 듯한 모습으로 살아왔다. 하지만 내 마음 한구석은 앓고 있었다. 지금은 내 안에 있던 아픔을 끌어내고, 새 힘을 키우며 건강하게 살고 있다. 건강한 몸과 마음을 되찾을 수 있게 도와준 사람들이 참 많다. 오늘 새벽에 나도 아파하고 있는 바다를 도왔다.

외도로 이사 왔다

2023년 9월 1일, 외도에서 살기 시작했다. 2023년 9월 1일부터 외도에 있는 초등학교로 출근하게 됐다. 출근하는 학교와 가까운 곳에 방을 구했다. 함덕에서 8개월 동안 살았다. 8개월 동안 함덕 바다와 서우봉의 아름다움을 맘껏 누렸다. 제주도에서 두 번째 거주지가 된 외도로 짐을 옮겼다. 짐은 8월에 서울에 올라가서 산 중고차 티볼리에 실어 날랐다. 내 바람은 한 번에 다 옮길 수 있는 적은 짐만 가지고 다니는 거다. 아쉽게도 두 번에 걸쳐 날랐다. 8월 말 2주 동안은 외도로 이사를 하기 위해 쌓아 놓은 짐이 좁은 방 이곳저곳을 차지했다. 2018년 폐암 수술 후, 거주지를 옮겨 다니는 것이 열한 번째다. 한 집에 머문 기간은 짧게는 1개월 길게는 2년이다. 처음에는 가전제품도 이것저것 가지고 다녔다. 에어프라이어, 토스터, 오븐, 전자레인지 등 생활하면서 필요할 때마다 바로 산 것들이다. 이 가전제품들은 강릉에서 제주도로 올 때 당근마켓에서 싼 가격에 다 팔았다. 외도로 이사 올 때는 그러한 가전제품들이 없었는데도 승용차로 두 번을 옮겼다. 7월 여름에 서울에 갔다가, 김포에 있는 롯데몰에서 구매한 70% 세일 상품 겨울옷이 원인이었다. 딸이 미국으로 유학을 떠나기 전, 나를 위해 마지막으로 함께 쇼핑한 겨울 옷들이다. 짐은 늘었지만, 올겨울을 따뜻하고 멋지게 지낼 것을 기대한다. 거주할 집을 구하고, 짐을 싸고, 옮기고, 풀고, 정리하는 일들은 가끔 나에게 힘들고 귀찮다. 이곳 외도에서 5개월을 지내고 나면 또다시 짐을 옮겨야 한다. 어디로 가야 할지 정해진 것은 없다. 나는 어느 곳에 가든지 그곳에 있는 아름다운 자연을 보며 감탄한다. 나와는 다른 사람들의 삶도 본다. 내 삶에 특별한 이야기가 있듯이 그들의 삶도 그러하다는 것을 본다. 책으로 출판되어 세상에 알려진 작가님들의 이야기처럼, 소개하고 싶은 특별한 삶들을, 거주지를 옮겨 다니며 나는 많이 본다.

　외도로 이사를 한 후, 하루의 시작을 스트레칭으로 한다. 오전 6시 알람에 맞춰 잠에서 깨면, 성경 말씀을 들으며 침대 위에서 스트레칭을 40여 분 동안 한다. 스트레칭을 마치고, 아침 식사할 음식과 오후에 수영장에 가기 전에 먹을 저녁 도시락을 준비한다. 외도로 이사를 온 후, 화요일부터 금요일까지 퇴근 후에 도두봉수영장에서 수영을 배운다. 20여 년 전에 배웠던 수영을 이곳 외도에 와서 다시 배운다. 오전 8시부터 오후 4시 30분까지 직장에서 보내고, 오후 4시 30분이 되면 퇴근 준비를 한 후, 5시까지 플룻연주 연습을 한다. 도두봉 수영장까지는 직장에서 승용차로 15분 정도 걸린다. 수영 강습은 오후 6시부터 시작한다. 수영 강습 전까지 아침에 준비한 도시락으로 저녁을 먹고, 10여 분 동안 도두봉 주변을 산책한다. 수영을 마치고 집으로 가다가 이호테우 해수욕장에서 맨발 걷기를 한다. 이호테우 해수욕장은 수영장에서 집으로 가는 중간 지점에 있다. 신발과 양말을 벗어 놓고 모래사장을 맨발로 걷는다. 걸을 때마다 발이 바닷물에 살짝살짝 잠기곤 한다. 매일 파도의 세기가 다르다. 세찬 파도, 잔잔한 파도, 부드러운 파도, 40분 정도 걷고 나서 집으로 간다. 가방 정리를 하고 잠옷으로 갈아입은 후, 영어 성경 따라 쓰기를 한쪽 정도 한다. 하루를 무사히 보낸 것에 감사하며 침대에 눕는다. 잔잔한 찬양이나 영어 성경을 틀어 놓고 몸을 뒤척이며 잠이 오기를 기다린다. 5개월이 지나면 나의 제주도 생활은 1년이 된다. 이곳 외도에서도 더 감사하고, 더 기뻐하며, 소망을 품는다. 오늘은 토요일이다. 아침에 일어나 식사하고 세탁기에 빨래를 돌린 후, 수영 도구와 노트북을 챙겨 집을 나왔다. 도두봉을 40분 정도 산책하고, 스타벅스 제주 용담 DT 점에 왔다. 그리고 글을 쓰고 있다. 저녁에는 수영장에 가서 자유 수영을 하고, 수영하고 나서 이호테우 해수욕장 모래사장을 걸을 거다. 하루의 삶을 설렘으로 살아가고 있다. 모든 것이 다 감사하다. 하루를 살아가는 사람들을 볼 수 있는 것이 감사하다.

아들과 1박 2일의 캠핑

2023년 9월 연휴. 아들은 나를 강릉으로 초대했다. 친인척 하나 없는 제주도에서 긴 연휴를 어떻게 보낼지 고민하던 중이었다. 딸은 미국으로 유학을 떠났고, 남편은 서울에서 바쁘게 직장생활을 한다. 딸은 유학을 떠나기 전에 제주도에 몇 번 와서 나와 함께 보냈다. 자녀들이 성장하니 이제 함께 보낼 시간이 그리 많지 않다는 것을 실감한다. 각자 자신의 삶을 살아야 할 터전이 다르기 때문이다. 강릉에 와서 연휴 동안 함께 보내자고 아들이 말하자마자, 나는 기뻐 두 손을 들고 뛰며 그러겠다고 말했다. 강릉은 내가 가장 아플 때 머물렀던 곳이다. 송정해수욕장에서 안목해변까지의 쭉쭉 뻗은 소나무 숲, 파랗고 확 트인 바다, 입암동에서 안목해변까지 걸었던 남대천, 경포 생태 저류지, 대관령자연휴양림, 대관령옛길, 선자령, 강릉솔향수목원, 경포호 산책로, 걷고 또 걷기를 반복했던 장소들이다. 내 아픔을 나무, 풀, 바람, 꽃, 구름, 계곡물, 바위와 대화를 나누며 걸었었다. 폐암 수술 후, 익숙했던 삶의 터전에서 뚝 떨어져 나와 홀로 된 내가 다가갈 때마다, 내 보습 그대로 맞아 준 친구들이다. 그 친구들에게 맘껏 말했고, 신나게 노래도 불렀었다.

"엄마, 강릉에 와서 아들이랑 뭐 하고 싶은지 미리 생각해 오세요." 아들은 내 마음을 미리 다 알고 있는 듯했다. 나는 아들과 아들이 돌보는 강아지 두 마리와 함께 소나무 숲을 산책하고, 경포호수 산책로를 걷고, 애견 카페도 가고, 맛있는 음식도 먹고 싶다고 말했다. 사실 나는 아들과 여행도 가고 싶고, 캠프장도 가고 싶었지만, 연휴 기간이라 여행객들로 붐비면 아들이 힘들까 봐 그렇게 말했다. 내 생각을 카톡으로 아들에게 보냈다, 설레는 마음을 한가득 안고 강릉 아들 집에 갔다.

"엄마, 캠프장 갈까?" 아들은 나를 만나자마자 평창에 있는 캠프장으로 1박 2일 캠핑하러 함께 가자고 했다. 정말 신나고 기뻤다. 아들이 번거로울까 봐 캠프장은 내 생각에서 지웠었는데 그 마음을 알기라도 한 듯했다. 그렇게 해서 우리는 강아지 두 마리와 평창 깊은 산속에 있는 캠프장에 가기로 했다. 제주도에서 9월 연휴 기간을 외롭게 홀로 보내야 했는데, 그 고독함을 날려줬다. 캠프장 가기 전날, 아들과 홈플러스에서 먹을 것들을 샀다. 아들은 저녁 늦게 마트에 오면 할인가로 판매하는 음식들이 있다며, 닭볶음 요리, 오리고기, 샐러드, 과일 등 세일 상품을 챙겼다. 그 모습이 기특하고 대견스러웠다. 중형 개 두 마리를 돌보며 생활하는 비용이 적지 않을 것이다. 아들이 짠하기도 했지만, 어려운 상황을 지혜롭게 대처하며 사는 힘을 기르고 있다는 생각이 들어 감사했다. 나와 남편의 갈등으로 자녀들은 항상 불안한 가정환경에서 지내야만 했다. 나는 자녀들이 그러한 환경을 벗어날 수 있기를 바랐고, 자녀들도 같은 생각이었다. 두 자녀 모두 지방에 있는 대학 진학을 준비했다. 그리고 아들은 강릉, 딸은 포항에 있는 대학에서 대학 생활을 했다.

두 자녀가 갑갑했던 가정, 도시를 벗어나 자연과 지낼 좋은 기회였다. 나는 강릉에 도착한 다음 날, 아들과 함께 평창 깊은 산 속에 있는 캠핑장에 점심때쯤 도착했다. 산, 산, 산이 계속 겹쳐 있는 곳으로 들어갔다. 깊고 높은 산 속이었다. 연휴를 자연 속에서 보내려는 많은 사람이 일찍부터 와 있었다. 우리는 텐트 칠 좋은 자리를 물색하며 다녔다. 두 마리의 강아지도 함께 걸었다. 산 정상쯤 되는 언덕에 평평한 자리가 있었다. 산 아래로 보이는 풍경은 깊고 깊은 계곡처럼 산들이 줄지어 내려가 있었다. 저 멀리 보이는 산언덕에는 풍력발전기의 하얀 날개들이 꽃처럼 아름다운 장면을 연출하고 있었다. 몽글몽글 하얀 구름이 언덕 아래에 있었다. 우리는 높고 높은 산 정상 언덕, 전망 좋은 곳에 1박 2일 머물 텐트 집을 만들었다. 아니 아들이 다 했다. 원터치 텐트도 아니었다. 도와준다고 했지만 "엄마, 엄마는 미소, 세상이랑 산책해요. 엄마가 그렇게 해야 제가 좋아요."라며 혼자 크고 복잡한 텐트를 다 설치했다. 하나도 힘들지 않다며, 오히려 하나하나 손으로 세워 갈 때 마음이 뿌듯하다며 행복해했다. 나는 강아지들과 산책하면서 그 많은 자연을 누렸다. 바람, 공기, 푸른 나무들, 행복해 보이는 가족, 연인들로 인해 나도 행복해졌다. 아들은 하나하나 꼼꼼하고 안전하게 텐트를 치고 있었다. 산책하며 그런 아들의 움직임을 보고 있는 것이 꿈만 같았다. 하루 전만 해도 나는 바다 건너 제주도에 있었는데, 생각지도 못했던 아름다운 산속에서 강아지들과 뛰어놀고 있다. 내가 영화 속 주인공처럼 느껴졌다. 아들이 텐트를 다 설치하고 나서, 우리는 다른 사람들의 오붓한 모습들을 보며 산책하고 왔다. 저녁으로 닭갈비를 구워 먹었다. 닭갈비를 다 먹고 양념에 밥을 볶아 먹었다. 캠핑장에서 먹는 세일 상품 닭볶음, 고급 음식점에서 먹는 것과는 비교도 안 되는 훌륭한 맛이었다. 우리는 강아지들과 함께 설거지하러 언덕 아래로 내려갔다. 아들이 세제로 그릇을 닦고 나는 헹구었다. 정말 행복했다. 이 시간을 주신 신께 감사했다. 깊은 산속이라 저녁이 되니 추웠다. 아들은 담요도, 전기장판도, 난로도, 장작불도 준비해 왔다. 아들이 준비해 준 장작불 곁에서, 따뜻한 커피를 마시며 산속 모든 밤경치를 다 만끽했다. 강아지들이 곁에 있고, 아들이 마주 보고 앉아 있고, 멀리 미국에서 딸이 카톡으로 함께 해주었다. 개운하게 자려면 샤워도 해야 한다며 아들은 샤워장으로 안내를 해주었고, 샤워장 밖에서 강아지들과 기다려 주었다. 산속이라 캄캄했지만 무섭지 않았다. 밤하늘에 떠 있는 별들도 서로 대화하는 듯 반짝반짝 빛이 났다. 아들이 정리해 준 폭신하고 따뜻한 침대에 누웠다. 아들은 내가 찬양 듣는 것을 좋아하는 것을 알고, 아들도 요즘 찬양을 들으면 평안해서 좋다며, 계속 찬양을 틀어 주었다. 평안하고 행복했다. 밤에 가는 줄기의 비가 왔다. 아들은 피곤한지 곤히 자고 있었다. 텐트 문을 열고 밖에 나갔다. 비를 맞으면 안 되는 물건들 몇 가지를 텐트 안으로 들여놓았다. 가는 빗소리는 산속 깊은 곳 조용하고 평화로운 밤 분위기를 더 차분하게 해주었다. 텐트를 걷을 때까지도 비가 오면 어찌하나 걱정했는데, 다행히도 다음날 아침 비가 그쳤다. 우리는 아침으로 오리고기도 구워 먹고, 라면도 먹었다. 평소에 혼자는 먹지 않는 라면이다. 나는 맛있어서 게걸스럽게 먹었다. 아침을 먹고 또 설거지했다. 아들과 함께하는 설거지가 참 좋았다. 남편과 이런 모습으로 살아야지 하고 결혼 전 꿈꾸었는데 한 번도 경험하지 못했다. "엄마 있잖아. 아빠, 나에게도 그래. 엄마에게만 그런 모습 아니더라고. 엄마에게만 그런가 했던 아빠의 모든 행동이 나에게도 그래. 아빠가 엄마랑 오빠에게만 말투가 거칠다고 생각했었잖아. 나에게는 안 그런다고. 그게 아니었어. 아빠는 엄마에게 한 것처럼 나에게도 그렇게 해. 텔레비전 소리도, 세탁기도, 설거지도, 담배도, 엄마에게 했던 반응 그대로 나에게도 똑같이 해." 딸은 유학 준비를 하는 동안 서울집에서 아빠와 둘이 지내면서 겪는 일들을 나에게 가끔 말해주었다.

나와 남편은 다정한 모습으로 설거지하는 모습을 자녀들에게 보여준 적이 없다. 나는 아들이 결혼하면 부인과 다정한 모습으로 살아가기를 바란다. 그 마음으로 설거지하는 아들 곁에 섰다. 나는 다정한 말로 이야기를 하며 설거지했다. 이다음에 남편에게도 다시 다정하게 다가가 시도해 보아야겠다고 생각했다. 험난한 세상을 헤쳐 고난을 견디며 살아가야 하는 자녀들이다. 나는 자녀들이 자연을 닮은 모습으로 소박하고도 성실하게 살아가기를 바란다. 아들은 지금 그 모습을 보여주고 있다. 딸도 멀리 미국 땅에서 카톡으로 그 감사함을 함께 나누어 준다. 나는 그동안 내 인생은 너무도 억울한 일들이 많았다고 생각했다. 그렇게 억울하게 끝나나 하는 슬픔이 있었다. 하지만 아니었다. 지금 더 많은 것을 얻게 해주었다. 나는 이제 인생은 어떻다고 섣불리 결론짓지 않는다. 앞으로 어떤 인생이 펼쳐질지 아무도 모른다. 그저, 오늘을 이기며 희망을 품고 소박하고 겸손하게 살아간다. 나는 아들과 딸이 주는 사랑으로 힘든 시간을 이겨낼 수 있었다. 형제들, 친구들, 지인들도 내가 하루하루를 견디며 살아낼 힘이 되어 주었다. 내가 가장 불편해 한 남편도 가장의 자리를 잘 지켜 주어서 고맙다. 1박 2일 아들과의 캠핑

은 딸과 여행했던 순간만큼 내 인생 큰 선물이다. 우리 가족은 회복
되어 가고 있다.

이호테우해수욕장
모래사장을 맨발로 걷는다

나는 오늘도 이호테우해수욕장 모래사장을 맨발로 걷는다. 2018년 폐암 수술이 기회가 되어 매일 하루에 걷는 시간을 1시간 이상 갖는다. 올해 2023년 8월은 수술 후 5년이 되는 때다. 나는 5년간 비가 오나, 눈이 오나, 태풍이 부나, 뜨거운 햇살이 있거나 거의 매일 걸었다. 운동화 뒷굽이 다 닳아 버린 것이 몇 켤레다. 요즘 외도로 이사를 온 후로는 이호테우해수욕장 모래사장을 맨발로 걷는다. 모래사장을 맨발로 걷기 시작한 것은 함덕해수욕장에서다. 함덕에서 지낼 때, 함덕해수욕장에서 물놀이하는 사람들처럼 나도 바닷물에 발을 담그고 싶었다. 한 번 바다 물속에 발을 담가 맨발로 걷고 나니 그 감각을 자주 맛보고 싶어졌다. 이호테우해수욕장은 함덕해수욕장보다 걸을 수 있는 모래사장 길이가 길다. 모래사장 끝에서 끝까지 왕복으로 3번을 왔다 갔다 했더니 40분 정도 걸렸다. 퇴근 후에 수영을 배우고 나서 집으로 가다가 해수욕장에 주차한다. 바닷물이 닿지 않는 모래사장 어느 한쪽에 운동화와 양말을 벗어 놓고, 맨발로 모래를 밟는다. 바닷물이 찰랑찰랑하는 해변을 따라 젖은 모래 위를 걷는다. 바닷물에 젖은 촉촉한 모래가 발바닥을 마사지하듯 자극한다. 무거운 내 몸이 누르는 힘으로, 발은 모래를 누르고 앞으로 나아간다. 내 발에 의해 눌리는 모래는 크게 저항하지 않고 부드럽게 내 발을 감싼다. 부드러운 모래들이 발바닥, 발가락을 지나 내 몸 전체에 상쾌한 신호를 보낸다. 모든 부분의 신경을 자극한다. 발가락 하나하나의 근육이 건드려지고 얼굴 근육도 활짝 펴진다. 나는 걸을 때마다 두 개의 커다란 등대를 본다. 등대는 빨간색과 흰색의 말 모양 등대다. 두 개의 등대를 보고 있노라면, 아들이 돌보고 있는 강아지가 떠오른다. 사랑스러운 강아지처럼 등대도 사랑스럽다. 강아지가 곁에 있는 것 같다. 걷고 난 후 모래가 묻은 발을 털어낸다. 처음에는 신고 갔던 양말을 이용했다. 젖은 모래가 조금 마르도록 걷기 마무리 단계에서는 마른 모래를 밟는다. 그러면 젖은 기운이 사라지고, 발바닥에는 마른 모래가 붙어있다. 모래사장에서 나와 자리를 잡고 앉아, 발바닥에 묻은 모래를 양말로 털어내는 데 걸리는 시간은 5분 정도다. 요즘은 해수욕장 입구 화장실 뒤쪽에 있는 수돗물로 발을 씻는다. 작은 발수건도 챙긴다. 모래사장을 맨발로 걷는 전문가가 되고 있다. 바닷물이 철퍼덕거리며 내 발을 적실 때마다, 내 이야기를 잘 들어주는 누군가와 대화를 나누듯이 행복하다. 나처럼 걷는 사람들이 줄지어 걸어간다. 줄지어 걷고 있는 사람들 한 명 한 명도, 다 특별한 이야기를 담은 삶을 살아가고 있을 것이다. 그 이야기들이 줄지어 걸어가고 있다. 작년까지 4년 정도는 산과 들, 나무가 많은 곳을 걸었다. 2023년 1월, 제주도로 온 이후로도 사려니숲, 절물자연휴양림, 한라수목원, 오름을 찾아 걸었다. 외도로 이사를 온 후로는 해수욕장 모래사장에서 맨발 걷기를 주로 한다. 걸을 때, 바다가 나에게 주는 생각은 단순하다. 넓다. 파랗다. 아름답다. 시원하다. 잔잔하다. 하늘과 바다가 맞닿아 이룬 수평선이 보이고, 밤에는 수평선 끝 고깃배들의 조명이 별처럼 나란히 늘어 서 있다. 걷는 동안 나는 어린아이가 된다. 그저 바다만 바라본다. 파도만 바라본다. 바다는 나에게 아무것도 요구하지 않는다. 나도 바다에 아무것도 바라지 않는다.

제주아트센터에서

　나는 요즘 주말에 제주아트센터에서 공연을 관람했다. 2023년 9월 16일에는 2023 'Re : born 클래식 페스티벌 in 제주'라는 주제로 펼친 '나는 불후의 편곡자.' 클래식 관현악 연주를, 17일 일요일에는 '레이어스 클래식'과 함께하는 앙상블로 듣는 클래식 음악을 들으며 마음을 풍요롭게 했다. 9월 24일 일요일, 어제는 '헬렌앤 미' 뮤지컬 공연과 함께 오후 시간을 보냈다. 가끔 카톡으로 공연 안내 문자가 온다. 요즘 본 공연 중에서 클래식 악기 공연은 무료다. 뮤지컬 공연도 문화사랑회원 할인가로 14,000원에 봤다. 공연을 보러 온 사람들은 하나같이 모두 행복해 보인다. 대부분 가족과 함께 온 듯하다. 어린 자녀들과 함께 온 젊은 부부들, 노부부들, 연인들이 행복을 찾으러 온다. 나는 혼자였지만 외롭지 않았다. 신기하다. 왜 외롭지 않지? 사람들이 행복해하는 모습을 보면, 내가 그 행복한 모습과 함께 있는 것처럼 나도 행복하다. '나는 불후의 편곡자.'에 참여한 편곡자 분들은 다 젊은 청년이다. 유명한 클래식 작곡가들의 음악을 편곡하여 관현악 연주로 들려주었다. 다섯 명의 편곡자가 각자 편곡한 다섯 곡의 음악을 다 들은 후에, 핸드폰을 이용하여 가장 우수한 곡에 투표도 했다. 내가 투표한 곡이 1등이 되어서 기분이 좋았다. 다음 날 일요일에도 공연을 보러 갔다. '레이어스 클래식' 연주를 들었다. 이날 연주한 분들은 유튜브로 언젠가 우연히 본 연주 팀이었다. 곡의 흐름에 따라 몸도 함께 움직이며 공연하는 모습은 우레와 같은 박수갈채를 받기에 충분했다.

일주일 후, 9월 24일 일요일 오후에는 '헬렌 앤 미' 뮤지컬 공연을 관람했다. 나는 공연을 보는 내내 '앤 설리 번'의 포기하지 않는 사랑을 보았다. 그 사랑이 있었기에 여러 사람에게 용기를 주는 위대한 헬렌 켈러가 태어났으리라. 이 뮤지컬 공연이 나에게 준 또 다른 큰 감동은 수화하는 사람들이 함께 공연에 참여한 것이다. 다른 뮤지컬 배우들과 함께 참여하여 뮤지컬 배우들이 공연하는 내용을 수화로 표현해 주었다. 뮤지컬 배우와 수화를 하는 사람. 헬렌 켈러와 앤 설리번. 나는 제주아트센터에서 안내해 주는 문자 내용을 살피고, 공연을 보러 간다. 그리고, 공연을 보며 다른 사람들과 함께 손뼉을 치기도 하고, 웃기도 하고, 눈물을 흘리기도 한다. 공연을 펼치는 사람들의 열정과 사랑을 본다. 풍성한 선물을 마음 가득 담아 온다.

기적 같은 하루

매일매일의 삶이 기적이다. 아침 4시 45분, 핸드폰 알람이 울린다. 나는 알람 소리를 무시하지 않는다. 그 소리를 듣고 깨어났음에 감사한다. 잠에서 깨어난 얼굴 피부를 양옆으로 스트레칭하듯이, 활짝 웃으며 기지개를 켠다. 침대에 그대로 누워 온몸이 길게 늘어나도록 몸을 늘린다. 양팔은 머리 위쪽으로 쭉 뻗고, 발은 팔과 반대로 밀어낸다. 세면대에서 손에 물을 살짝 묻혀 얼굴에 댄다. 일명 고양이 세수라고나 할까! 부스스한 머리를 손가락빗으로 몇 번 빗고는 옷을 따뜻하게 챙겨 입는다. 성경책과 안경을 들고 현관문을 나서 교회까지 가는 데는 걸어서 3분이면 된다. 집에서 가까운 곳에 교회가 있어서 참 감사하다. 새벽 예배로 다니는 곳은 제주 성지 교회다. 새벽 5시부터 6시까지 교회에서, 하루를 살아내기 위해 마음의 준비를 한다. 6시쯤 교회에서 나오며 하늘을 올려다본다. 반짝반짝 별이 보인다. 낮이 짧아지고 밤이 길어졌다. 여름에는 이 시간쯤에 환한 빛이 있었는데, 이제는 컴컴한 하늘에서 반짝이는 별을 본다. 별 하나, 별 둘, 별 셋…. 별을 세며 동심으로 돌아간다. 동네가 조용하다. 내 마음도 조용하다. 교회에서 집으로 돌아와 따뜻한 침대에 누워 본격적인 스트레칭을 한다. 유튜브 영상을 보면서 그대로 따라 한다. 스트레칭 마지막 단계로는 스 20개씩 3세트, 플랭크 자세 1분 정도 3세트, 밴드를 이용한 팔 근육 운동을 한다. 아침 스트레칭은 올해 9월부터 시작했다. 몇 가지 동작을 따라 하다 보면 어느새 50여 분이 훅 지나간다. 아침 7시, 아침으로 무엇을 먹지? 혼자 중얼거리며 냉장고 문을 연다. 오늘 아침 주메뉴는 두부, 북어채, 콩나물, 대파, 마늘 썬 것을 넣고 푹 끓였다. 어느 날은 버섯, 양파, 가지, 마늘, 양배추, 닭가슴살, 새우를 프라이팬에 넣고, 식용유 대신 물을 약간 넣어 끓여 익힌다. 조미료는 조선간장, 진간장, 어간장, 소금이다. 밥은 잡곡밥이다. 검은콩, 조, 수수, 검정 쌀, 귀리, 팥 조금, 흰콩을 물에 6시간 정도 불렸다가 한 밥이다. 밤에 자기 전에, 깨끗이 씻은 잡곡들을 밥솥에 넣고 6시간 취사 예약을 하고 나면, 새벽 예배 갈 때 맛있는 밥 냄새가 코를 자극한다. 반찬은 따로 없다. 김치도 없다. 김치는 학교에서 급식 먹을 때 충분히 먹는다. 아침밥을 먹고 나서 키위든, 방울토마토든, 귤이든 냉장고에 있는 과일 한 개를 먹는다. 그리고 바로 비타민C, 비타민 D 영양제를 먹고, 폐에 좋다는 맥문동 가루를 물에 타서 마신다. 퇴근 후에 저녁으로 먹을 도시락도 준비한다. 삶은 달걀 2개, 견과류, 과일 한 개, 고구마 삶은 것을 도시락통에 담는다. 도시락을 준비하고 나서 1.5ℓ 보온 물통에 따뜻한 물을 담는다. 하루 동안 마실 생명수와도 같은 물이다. 꽃차, 맥문동 차, 도라지 차를 연하게 하여 매일 다른 것으로 담는다. 시계가 아침 7시 45분을 가리킨다. 부랴부랴 이를 닦고, 세수와 샤워를 한다. 얼굴에 스킨로션과 영양 크림, 선크림을 바르고 눈가에 살짝 아이섀도를 바른다. 옷장을 열고 무엇을 입을까? 또 혼자 말한다.

학교까지는 걸어서 5분이 걸린다. 학생들이 있는 교실에는 8시 5분에서 10분 사이에 도착한다. 4시 30분, 퇴근 시간에 맞춰 일하던 것을 멈추고, 플루트 연습을 10분 정도 한다. 4시 50분에 교실을 나와 학교 옆 공영주차장에 주차해 놓은 차를 타고 이호테우해수욕장을 지나 도두봉 수영장에 간다. 주차하고 준비한 도시락을 들고 도두봉으로 향한다. 도두봉 산책로를 걸으며 저녁 도시락 먹을 자리를 찾는다. 요즘은 도두봉 정상까지 올라가 벤치에서 바다를 바라보며 먹는다. 도두봉 정상에는 여행객이 많다. 나는 여행객들이 서로 기쁜 모습으로 사진 찍으며 행복해하는 모습을 보며 덩달아 행복해한다. 달걀과 고구마 삶은 것, 견과류를 먹고 바쁜 걸음으로 도두봉 수영장 주차장에 도착하여 수영복 가방을 들고 수영장으로 들어간다. 수영이 끝나고 다시 차에 타면 7시 15분이 된다. 집에 가기 전에 이호테우 해수욕장에 들러 바닷가 젖은 모래사장에서 맨발 걷기를 한다. 이호테우 해수욕장은 집으로 가는 중간에 있어서 가다가 잠시 맨발 걷기 하기에 좋다. 여름에는 이 시간에도 태양 빛이 있었는데 10월이 끝나가는 요즘은 어두운 밤이다. 그래도 40여 명의 사람이 어둠 속에서 맨발 걷기를 하고 있다. 나도 신발과 양말, 작은 수건을 해수욕장 입구 쪽 한쪽에 벗어 놓고, 바지를 걷고 파도가 찰랑찰랑하는 해변 모래사장을 밟는다. 한 걸음 한 걸음 걸을 때마다 발바닥이 젖은 모래를 누른다. 온몸을 마사지 받는 느낌으로 긴장이 풀리며 상쾌해진다. 밤바다 파도 소리와 대화하듯 혼자 속으로 또 말을 건넨다. 30분 정도 걷고 나서 해수욕장 입구에 있는 수돗물로 발을 씻는다. 집에 오면 8시 40분 정도가 된다. 아침에 가지고 나갔던 물건들을 정리하고 잠자리에 누워 휴대 전화기로 뉴스를 본다. 읽고 싶은 책이 여러 권 있지만, 욕심부리지 않고 잠자리로 들어간다. 일기장에 오늘 일을 짧게 쓰고는, 잠을 청하며 유튜브로 '잠잘 때 듣는 CCM'을 듣는다. 잠이 안 와서 1시간 이상 뒤척일 때도 있다. 이 많은 일이 나의 하루다. 움직일 수 있는 건강, 의지, 긍정의 마음, 도전, 모든 상황에서 함께 있는 사람들, 나는 매일 기적 같은 삶을 살고 있다.

귤도 드세요

나는 거절을 잘하지 못하며 살아왔다. 거절하지 않는 것이 착하다고 여기며 살아왔다. 아니, 거절할 용기가 없었다고 하는 것이 정답이리라. 나에게 누군가가 부탁했을 때 거절하면 그 사람과의 관계가 불편해질까 봐 두려웠으리라. 남편, 형제, 자녀, 직장 동료들, 나와 관계된 사람 누구든지 다 그랬다. 그런데, 최근에 나는 거절했다. 지인이 부탁을 해왔을 때, 처음에는 거절하지 못했다. 그러다가 며칠이 지나면서 내 마음이 힘들어졌다. 내가 거절할 줄 알아야, 다른 사람이 내 부탁을 거절할 때 내가 그 사람 상황을 충분히 이해하게 될 거라는 생각이 들었다. 그래서, 용기내어 지인이 나에게 부탁한 것을 거절했다. 들어주지 못하겠다고. 그렇게 거절하고 나니 처음에는 마음이 개운하지 않았다. 나쁜 짓을 한 것 같기도 하고, 마음이 좁은 사람처럼 여겨질까 봐 두렵기도 했다. 그동안 남편의 요구가 나에게 부당하다고 여겨질 때도 제대로 거절하지 못했다. 거절한 후, 남편의 반응이 두려웠기 때문이다. 거절하지 못하고는 표정이 굳어버리곤 했다. 목소리도 마치 죄인인 듯한 목소리로 움츠러들며 대답하곤 했다. 직장에서도 그랬다. 내가 거절하면 그 일을 할 사람이 없어서 곤란한 상황이 되지 않을까 하는 염려도 있었다. 그러다 보니 일이 점점 나에게 쌓여 왔다. 이번, 지인의 부탁을 거절하고 나서, 죄지은 사람처럼 주눅이 든 목소리와 불편한 마음으로 지내는 내 모습을 보았다. 왜 그럴까? 어린 시절 성장기의 가정환경 영향이리라. 나는 이런 나를 잘 다독여야 했다. 그래서, 거절하고 나서 어떻게 해야 할지 하나하나 짚어 보았다. 첫째, 상대방에게 거절하는 이유를 당당하고도 부드럽게 알려주자. 둘째, 거절하고 나서 그 거절한 일과 상관없이 편한 목소리로 대화하자. 셋째, 거절당한 상대방의 상황이 안타깝지만, 그것을 내가 해결해 주어야 한다는 생각과 죄책감을 느끼지 말자. 넷째, 나 자신에게 잘했다고 다독여 주자. 다섯째, 내가 다른 누군가에게 부탁했을 때, 거절당해도 그럴 수 있음을 편하게 생각하자. 지인의 부탁을 거절하고 나서 2주 동안, 복잡한 마음을 정리하고 다독이며 성장하는 시간을 보냈다.

나를 위로하기 위해, 오늘 토요일 오후 2시에 서귀포 예술의 전당에서 발레 공연을 관람했다. '2023 호기심 소녀 엘리스의 상상 여행 이상한 나라의 앨리스'다. 호기심 많은 엘 리스가 모험을 찾아다니는 동안, 만나는 대상에게 자신의 마음을 빼앗길 것 같은 상황에서 꿋꿋하게 자신을 지킨다. 나는 나이가 60살이다. 그런데도 어린 엘리스처럼 지금까지 아슬아슬하게 나를 지켜왔다. 이제는 내 주변 사람들이 나에게 무리한 부탁을 하지 않도록 대화의 기술을 키워 가기로 했다. 정중하게 거절하면서도 당당하고 여유 있는 자연스러운 모습과 목소리로 말하는 연습을 한다. 호기심 소녀 엘리스가 모험을 떠났다 안전하게 돌아온 것처럼, 나는 거절이라는 모험을 하고 무사히 내 마음을 지켰다. 공연을 본 후, 서귀포에서 외도에 있는 스타벅스 카페로 오는 길을 해안도로 택했다. 스타벅스를 목적지로 한 까닭은 글을 쓰기 위해서였다. 오다가 해안도로 가에 차를 세우고 해안 산책로를 걸으며 발그스름한 색을 띤 석양도 보았다. 배가 고팠다. 저녁을 먹으러 길가에 있는 식당에 들어갔다. 서귀포에 있는 '큰솔가'라는 일반 음식점이다. 김치찌개, 계란찜, 밥, 밑반찬이 푸짐했다. 며칠 동안 굶은 사람이 먹는 것처럼 게걸스럽게 먹었다. 식사를 마치고 식당 마당 주차장에서 잠깐 걷고 있는데, "선생님, 귤도 드세요. 상자에 있는 귤 드시고 가지고 가셔도 되세요."라며 친절한 목소리가 들렸다. 돌아보았더니 식당 주인 분이 식당 안으로 들어가시며 밝은 표정을 짓고는, 식당 입구 계단 옆 상자에 담겨 있는 귤을 가리킨다. 혼자 밥을 먹으니 외로운 마음도 있었는데, 주인 분의 말과 행동이 그 마음을 따뜻함으로 풍성하게 채워주는 선물이 되었다. 나는 작은 귤 몇 개를 손에 넣고 마당을 걸으며 먹고, 다시 두 손 가득 담아 차에 탔다. 작은 귤이 탱글탱글하고도 상큼한 맛이었다. '괜찮아, 잘했어. 거절해도 돼.' 어제 있었던 지인과의 불편한 마음을 입 안에 있는 달콤한 귤이 달래주는 듯했다.

파도가 나에게 말했다

　　이호테우해수욕장에서 젖은 모래 위를 맨발로 걷기 시작한 지 3개월째다. 올해 9월부터 거의 매일 걷는다. 11월이 되면서 낮이 짧아졌기에 어두운 풍경을 보며 걷는다. 며칠 전 어느 날 출장이 있었는데, 일이 일찍 끝난 덕분에 따스한 햇볕을 받으며 모래사장을 걸었다. 모래사장을 걸을 때마다 쓰레기가 많이 보인다. 그래서 나 스스로 다짐했다. '쓰레기 담을 봉투와 집게를 가지고 와서 걸을 때마다 보이는 쓰레기를 주워야지.'라고 매번 생각한다. 하지만 이번에도 또 잊고 그냥 걷고 있었다. 쓰레기를 피해 걸을 때마다 마음이 불편했다. 바다에서 파도가 말하는 듯했다. 아프다고. 살려달라고. 쓰레기 좀 치워달라고. '담을 봉투도 없고 집게도 없고.' 나는 쓰레기를 주울만한 도구가 없어서 줍지 못하고 있다는 핑계를, 파도에게 말하듯이 마음속으로 혼자 중얼거렸다. 이날은 주워 담을 봉투라도 있는지 주변을 두리번거리며 걷고 있는데, 누군가 50미터쯤 앞에서 커다란 쓰레기를 손으로 줍고 있었다. 50살이 넘어 보이는 남자 분이다. 그 남자 분도 맨발 걷기를 하는 중이었다. 쓰레기를 주워 파도와 멀리 떨어진 마른 모래사장 위에 모아 놓고, 다시 걷는 모습이 눈에 띄었다. 짧은 시간이었지만 그 분이 주워 모아 놓는 쓰레기가 많이 쌓였다. 그러고는 모래밭 밖으로 나가 유유히 사라졌다. '아, 저렇게 하면 되는구나!' 나는 큰 보물을 찾는 열쇠라도 발견한 듯이 기뻤다. 용기가 생겼다. 허리를 숙여 내 발 주변에 있는 작은 쓰레기부터 주웠다. 걸으면서 하나, 둘, 셋, 넷…. 잠깐 사이에, 손에 가득 담았다. 나도 그 남자 분처럼 바닷물과 멀리 떨어진 마른 모래사장에 모아 놓고, 다시 파도 가까이 다가와 보이는 쓰레기를 줍고 또 주웠다. 쓰레기를 손으로 직접 잡으면 더러운 느낌이 들까 봐 긴장했었는데 다 잊고 있었다. 손안에 있는 쓰레기가 손안에서 떨어질까 봐 열 손가락으로 꼭 쥐어 잡았다. 아프다고 말하던 파도가 기뻐서 뛰어노는 어린아이로 보였다. 이제 이호테우 해수욕장에서 맨발 걷기를 하며 쓰레기 줍는 일이 쉽고 행복하다. 파도와 친해졌다. 환하게 웃고 있는 듯한 파도가 나에게 말하는 듯하다.

"고마워. 내 아픔을 알아줘서 고마워. 내 말에 귀 기울여줘서 고마워. 내 아픔을 외면하지 않고 손을 내밀어 줘서 고마워."

지인 두 분이 주고 간 사랑

　나를 기억해 주는 사람이 있다. 나의 삶에 힘을 실어 주는 사람이 있다. 오늘 그런 분들 중 두 분이 제주도에 오셨다. 하루 여행 목적으로, 김포에서 아침 첫 비행기를 타고 제주도에 아침 7시 40분에 도착하셨다. 토요일 아침, 일상의 뻔한 하루를 버리고 특별한 하루를 시작했다. 새벽 6시부터 일찍 서둘러 준비하고 제주 공항으로 나섰다.

　'아침 식사는 어디에서 하면 좋을까?' '어느 곳부터 모시고 갈까?' '날씨가 너무 추우면 어떻게 하지?' '비가 오면?, 눈이 오면?' 두 분에게 가이드가 되어야 하기에 이런 걱정과 기대가 며칠 전부터 은근하게 내 마음에 자리 잡기 시작했다. 공항에서 아침 7시 40분에 만나 함덕해수욕장으로 갔다. 제주도에서 내가 가본 해수욕장 중에서 함덕해수욕장이 가장 아름다웠기에 함덕해수욕장을 자신 있게 추천했다. 차 안에서 하루 여행 코스로 준비한 내용을 하나하나 조심스럽게 꺼내 말씀드렸다. 두 분은 행복해하시며 고마워하셨다. 우선, 함덕해수욕장 주변에서 아침으로 전복 설렁탕을 먹었다. 전복이 들어간 설렁탕, 돌솥 밥, 전복죽은 새벽 일찍부터 움직이느라 허기진 배를 따뜻하게 해주는 데 충분했다. 식사를 마치고 잠깐 소화를 시킬 겸 서우봉 둘레길을 산책했다. 바람도 없고, 비도 안 오고, 춥지도 않았다. 어제까지만 해도 비바람도 불고, 겨울이라고 뽐내듯이 추웠던 날씨가 잠시 오늘 하루 뒤로 숨었나 보다.

"제주도 요즘 엄청 추워요. 목도리, 장갑, 겨울 외투, 모자, 단단히 무장하시고 오셔야 해요." 하루 전날 두 지인분께 안내해 드린 말이 거짓말이 되었다. 거짓말이 되어서 행복했다. 두 분이 가뿐하게 산책하시다가 사진도 찍으시고 힐링하시는 모습 그대로 나의 행복이 되었다. 성산 일출봉, 섭지코지, 한라산 둘레길 사려니숲, 점심으로 용두암 근처에서 흑돼지구이, 용두암. 내 집 주변에 있는 보리빵집에서 보리빵 사기. 하루 여행 마지막 코스로 두 분은 쫄깃쫄깃하고 담백한 찰보리 빵을 사서 내가 사는 집으로 가자고 했다. 지인 한 분이 제주도 보리빵이 맛있다고 꼭 사고 싶어 하셨다.

"어! 제가 사는 근처에 보리 빵집이 있어요. 거기로 가요." 내가 사는 아파트 건너편에 보리 빵집이 있다. 평소에 먹고 싶었지만, 그냥 지나쳤다. 오늘 그 빵을 먹었다.

"공항에 가기 전에 바다가 보이는 카페에서 차 마시며 쉬어요." 여행 중간에 내가 했던 말이다. "카페보다 집사님 방이 따뜻하고 편해서 좋아."

두 분은 내가 사는 집도 보고, 그곳에서 잠깐 편히 쉬는 것이 카페에 가는 것보다 훨씬 좋다고 하셔서, 우리는 따뜻한 방에서 누워 포근한 대화를 나누었다. 늘 혼자였던 방에 나를 아껴주는 두 지인분이 친정엄마처럼 편안하게 누워 계셨다. 쓸쓸한 느낌이었던 방이 구수한 이야기로 가득 찼다. 제주도 당일 여행 코스는 이렇게 아름다운 이야기로 채워졌다. 두 분은 나에게 찰보리빵 한 상자를 사 주시며, 냉동실에 넣고 심심할 때 먹으라고 하셨다. 저녁 7시 50분. 제주 공항 안으로 두 지인분이 들어가셨다. 오늘 하루, 내가 가이드가 되어 여행을 안내한 것이 아니었다. 혼자 지내던 나를 여행시켜 주시기 위해 멀리서 찾아주신 것이었다. 오늘 여행은 내 마음에 그렇게 담아졌다. 꿈만 같다.

4장 살기 위해 살았더니

나는 글을 쓰고 싶다

나는 글을 쓰고 싶다.
미움 대신 용서를
소유 대신 나눔을
외면 보다 바라봄을
밀치기보다 비켜줌을
그 삶을 쓰고 싶다.

나는 글을 쓰고 싶다.
다정다감한 자연을
맑고 맑은 어린아이들을
다채로운 오일장을
그 이야기를 쓰고 싶다.
나는 글을 쓰고 싶다.
내 젊은 날의 순수함을
중년의 아픔과 고통을
노년으로 향하는 소망을

죽음을 잘 맞이하기 위한
하루하루를 담고 싶다.

나는 글을 쓰고 싶다.
거만 대신 겸손으로
비난 대신 이해로
거짓 대신 진실로
차가운 눈빛 대신 부드러운 미소로
다른 이들과 어울려 살아가는
아름다운 삶을 쓰고 싶다.

암 기회가 됐다

고난이 닥칠 때
하던 일이 막힐 때
모두가 외면한 듯할 때
그때가 나를 잠잠히 돌아볼 수 있는
절호의 기회가 됐다.

어떻게 살아갈지
어느 방향을 선택할지
철저하게 나 자신과 몸부림치는 시간
나를 옳은 길로 걷게 하는
절호의 기회가 됐다.

전에 하지 못했던 일
보지 못했던 마을
만날 수 없었던 사림
새롭게 시작하며 찾지 못했던

나를 발견하는 기회가 됐다.
인정을 쫓기 위해 허비하던 힘
그 힘이 나를 뿌리 깊게 세워 가는
거름으로 쓰이는 기회가 됐다.

질투하고 미워하고 시기하고 원망하고
나를 사랑해 달라고 다른 이의 마음을 다스리려 했던 나.
용서하고 사랑하고 인정하고 양보하는
마음의 씨앗을 심는 기회가 됐다.

하던 일로부터 떠나고
깊은 공허함이 몰려오고
두려움이 수시로 나를 덮쳤다.
그때가 새 삶을 시작하는 기회가 됐다.

부를 쫓고 명예를 쫓고 나를 주장하고
인정받기 위해 허비하던 힘
나를 뿌리 깊게 세워 가는
거름으로 쓰는 기회가 됐다.

나는 시인이 되고 싶다

비행기를 탔다.
제주에서 김포공항행이다.
기내에서 울었다.
시를 읽는 중에 눈물이 스르르
볼을 타고 흘러내렸다.

나도 시인이 되고 싶다
자연을 노래하고
인생을 그려내고
이 아름다운 자연을
이 아픈 세상을
이 감동의 삶을
시로 담아내고 싶다.

다 다르기에 신비로운 삶
그 삶을 가득 담고 하늘을 나는 비행기

이야기를 품은 비행기 닮은 시인

슬픔을 달래주는
아픔을 위로하는
기쁨을 함께하는
희망을 노래하는
그런 시인이 되고 싶다.

내가 가진 욕심

나는 욕심이 많다.
다른 사람 것을 빼앗으려는 욕심이 아니다.
이루고 싶은 욕심이 많다.
작가로 책도 출판하고 시도 쓰고
모델도 되고 강연도 다니고
책도 많이 읽고 피아노도 치고
플루트도 연주하고 성경 말씀도 많이 읽고 싶다.

세월이 지나간다.
세월을 아끼라는 말을 어디서 들었더라.
그 말이 절절히 실감 난다.
나는 작은 것이 나에게 주는 힘을 안다.
일부러 찾아가지 않아도 만나는 것들이다.
길을 걸으며 보는 작은 들꽃 하나
작은 새기 들려주는 맑은 새소리
따사로운 햇살, 맑은 날 밤하늘에 보이는 달과 별

나뭇가지에 매달린 어린 잎사귀
주인과 지나가는 강아지
숨어있다 달아나는 고양이….
미소 짓게 하고
살아있음을 감사하게 한다.
내가 살아있다고 알려주는 선생님이다.

서울을 벗어나 지방에서 살아가는 기간이
2024년 8월이면 6년째가 된다.
걸으며 맑은 공기를 마시며
산새 소리를 들으며 흙냄새를 맡으며
살아있음에 감탄했다.
대관령옛길 계곡을 달려 다녔고
강릉 솔향 수목원 산속을 헤쳐 나갔다.
멧돼지도 보았고 선자령 길을 뛰었다.
눈이 오나 비가 오나 바람이 부나 걷고 달리고 뛰었다.
횡성, 평창, 주문진, 동해에 있는 산을 누볐다.
계곡물 흐르는 소리, 가을 단풍잎, 겨울 눈, 봄 햇살,
여름 무성한 초록 잎. 사계절을 맘껏 내 안에 담고 담았다.
나는 욕심이 많다.
이 모든 것들을 누리고 싶어 걷고 달리고 뛰었다.
가끔 내가 따분해하려 할 때 나는 나에게 선물한다.
그 욕심으로 담아 놓은 작은 것들을 꺼내어 기억한다.
소중한 선물이다.

아무도 나에게 줄 수 없는 가장 귀한 보물이다.

나는 오늘도 보물을 찾아 나선다.
만나는 사람들, 바람 소리, 가녀리게 흐르는 파도,
바다색, 싱그런 숲 향기, 보랏빛 작은 풀꽃,
엄지손톱보다도 더 작은 노란 꽃,
꼬리를 흔들며 주인과 걸어가는 강아지….
오늘 나를 찾아주는 사람이 없어도,
가진 돈이 없어도 행복해지도록 지지해 주는 위로가 된다.

나도 누군가에 이런 작은 힘을 주는 사람이 되고 싶다.
내가 살아가고 있는 모습 그대로
작은 몸짓 그대로 작은 울림이 되어
흘러가 위로가 되게 하고 싶다.
그 누군가는 아들과 딸이며
나를 아는 누군가이며
내 글을 읽는 사람들이다.

살기 위해 살았더니

살기 위해 살았더니
건강도 되찾고, 생기도 되찾고,
삶의 방향도 찾았다.
내가 망가진 것 같았으나
내가 다시 시작하는 출발점이었다.
그전 삶은 남들이 보기에 멋지고 완벽하여
부러움을 사는 삶이었지만 실제 속은 망가져 가고 있었다.
그 삶이 다 뒤엎어졌다.

서울 도시 한복판 좁은 아파트 공간으로부터
아름다운 자연을 맘껏 누리며 사는 삶으로 바뀌었다.
공간 이동뿐만 아니라 사람과 일로부터의 해방이었다.
내 자유 의지를 무시하며 짓눌렀던 사람
거절 못 하는 나에게 쏟아지는 일들
그 삶에서 벗어나
강릉, 포항, 제주도의 산, 들, 바다를 찾아가고, 달리고, 걷고, 만진다.

감탄하는 삶이다.

한탄하던 삶에서 감탄하는 삶으로 뒤집혔다.

사람과의 관계를 자유롭게 가꾸어 간다.

내 생각과 삶이 존중받는 관계.

그 일을 스스로 만들어 가는 자유를 찾았다.

살기 위해 살았더니 제대로 살게 된다.

정신을 차리게 된다.

시간을 허비하지 않으려는 강한 몸부림을 친다.

마음을 비운다. 새로운 마음으로 채운다.

미움, 시기, 질투, 정욕. 다 비운다.

그 비워진 공간에 용납, 경청, 겸손, 사랑, 용서, 위로로 채운다.

내가 살기 위해 사는 길이다.

내 뜻이 이루어지지 않을 때

미국에서 유학 중인 딸에게서 전화가 왔다. 딸 유학 생활이 딸 뜻대로만 되지 않음을 듣는다. 아들도 그렇다. 아들 뜻대로 삶이 살아지지 않음을 안다. 나도 그렇다. 내가 아들과 딸에게 바라는 대로 이루어지지 않는다. 내 뜻대로 이루어진다는 것. 내 삶의 최선일까? 내 생각대로 이루어지지 않는 순간 잠시 불안하다. 망한 것 같고, 나아갈 길이 없는 것 같다. 하루를 살아내는 것, 선한 마음으로 살아내는 것, 숨 쉴 수 있는 것. 하루라는 시간은 다시 착한 일을 할 기회다. 망한 것 같지만 망한 것이 아니다. 그저 내 눈앞에 내가 원하던 것이 보이지 않을 뿐이다. 내가 보지 못한 것들을 다시 찾으면 된다. 다시 찾는 그 시간은 두렵기도 하고, 고통스럽기도 하고, 절망스럽기도 하다. 그 시간을 이겨내면 된다. 이기고 나면 벼가 익어 고개 숙이듯 마음이 묵직해진다. 마음이 영글어 성숙해진다. 내 인생에서 내 뜻대로 된 일이 그리 많지 않다. 자녀도, 남편도, 내 하루도, 내 욕심과 상관없이 흘러간다. 내 뜻대로 되지 않는 상황에 감사하는 힘을 기른다. 내 뜻대로 이루어지지 않음이 겸손해지는 거름이 됐다. 내 뜻이 아닌 창조자의 뜻을 구한다. 내가 참 평안과 행복을 누리는 방법이다.

예쁜 모습으로
나이 들기 위해

    나는 아름답기 위해 미소 짓는다. 수영을 배운다. 집에서 맨손 근육 운동을 한다. 책을 읽는다. 성경 말씀을 읽고 듣는다. 다른 사람에게 따뜻한 마음으로 다가가려 한다. 좋은 영화를 본다. 사랑의 마음을 품는다. 예쁜 꽃을 보고 감탄한다. 새 소리에 귀를 쫑긋하며 반갑게 반응한다. 하늘을 보고 수시로 변하는 하늘색을 감상한다.

    출퇴근 길에 한라산을 본다. 한라산은 하얀 구름으로 덮여 있기도 하고, 비구름으로 감싸여 있을 때도 있다. 바다를 본다. 비바람으로 파도가 심한 날도 있다. 햇살 가득한 잔잔한 바다, 서핑하는 사람들로 가득한 바다, 바다도 매일 다른 모습이다. 도두봉 산책로를 걸으며 나무를 본다. 산새 소리를 듣는다. 나는 자연을 찾아간다. 자연은 내 표정을 환하게 해준다. 나는 나이가 들어서도 표정이 환하다는 말을 듣고 싶다. 표정은 마음에서 나오나 보다. 나는 습관적으로 마음을 관리한다. 혼자 걸을 때도, 밥을 먹을 때도, 책을 읽을 때도 누구를 만날 때도 나는 미소를 짓는다. 환하게 웃는다. 감사한 생각을 하고, 걱정을 내려놓고 희망을 품는다. 거울 앞에서 미소 짓는 연습 하며 환한 표정을 만든다. 셀카를 찍으며 예쁜 미소를 연습한다.

　얼마 전 2월에 치앙라이에 다녀왔다. 단기선교 팀 일원으로 치앙라이 아이들을 위한 교육 봉사를 하고 왔다. 그 기간 모르는 사람들과 함께 지내야 했다. 나는 모르는 사람들과 소통하는 일이 버겁다. 표정이 경직되곤 한다. 처음 보는 사람들도 있었다. 나와 다른 생각을 하는 사람들 의견을 들을 때 내 표정이 흔들린다. 환한 표정 대신 불안하고 심각한 표정으로 변한다. 이번 치앙라이 선교 활동 중에는 그러지 않으리라 다짐하고 갔다. 어떤 상황에서도 내 표정을 간직하리라 마음먹었다. 환한 표정, 신나고 즐거운 표정을 빼앗기지 않기 위해 애썼다. 내 마음을 다스렸다. 불편한 것은 그냥 불편한 대로 인정하고 내 마음을 내려놓았다. 혼자 셀카를 찍으며 많이 웃었다. 나는 환하게 웃을 때 예쁘다. 화를 내면 표정도 화로 변한다. 우울한 생각을 하면 표정도 늘어진다. 미워하는 마음을 갖는 순간 표정도 미움으로 변한다. 욕심을 부리면 긴장과 함께 표정이 굳는다. 실수한 대로, 되는대로 인정하며 그게 나임을 받아들인다. 그 위에 다음 할 일을 준비한다. 실수를 묻으려 애쓰다 보면 불안하다. 그대로 표정에 나타난다. 내 노트북 바탕 화면은 환하게 웃는 내 얼굴로 가득하다. 컴퓨터를 켤 때마다 그 표정을 지으며 나를 응원한다.

한라수목원에서 책 읽기

제주도 길거리 곳곳에 벚꽃이 환하게 폈다. 한라수목원 입구부터 수목원 안에도 벚꽃이 가득하다. 팝콘이 나뭇가지에 달라붙어 있는 듯하다. 나무에 꽃송이만 가득하다. 나뭇잎은 보이지 않는다. 이제 봄이라고 자신만만한 자태를 들어낸다. 그동안 3월이 다 지나가는데도 강한 바람과 흐린 날씨 탓에 봄기운을 느끼지 못했다. 오늘 드디어 확실한 봄 공기를 맛보았다. 나는 오늘 한라수목원 커다란 나무 아래 의자에서 책을 읽었다. 이곳에서 책을 읽은 건 오늘이 두 번째다. 책을 읽다가 잠깐 산책을 하고, 또 책을 읽고를 반복했다. 누구를 만날까도, 카페에 갈까도 잠시 생각했다가 이곳에서 책을 읽기로 했다. 나는 대학생 때 방학이 되면 부모님이 계신 시골집에서 보냈다. 여름 한낮에는 마당가에 있던 커다란 나무 밑에 돗자리를 펴곤 했다. 돗자리 위에 엎드려 책을 읽었던 기억이 난다. 나는 유치원을 다니지 않았다. 내가 태어나고 성장한 시골은 그 당시 유치원이 없었다. 도서관도 없었다. 학교 도서관에 있는 책이 전부였다. 학교 도서관에 얼마만큼의 책이 있었는지 기억나지 않는다. 강감찬 장군, 바보 온달, 이순신 장군, 콩쥐팥쥐, 신데렐라, 안데르

센 동화. 초등학교 때 읽은 책 중 기억나는 책들이다. 중학생, 고등학생 때도 집에 책이 없었다. 있었는데 내가 너무 책을 읽지 않아서 기억나지 않는지도 모르겠다. 하여튼 나는 성장하는 동안 책을 가까이하지 못했다. 그러다가 대학생이 되고 난 후, 나는 대학 도서관에 자주 갔다. 학교에 가면 내가 편하게 갈 곳은 도서관뿐이었다. 그 당시 서울교육대학 교정은 좁았다. 대학 도서관도 작았다. 그 작은 공간에서 나는 책과 친해졌다. 윤동주 시인, 신경림 시인의 시를 읽고 공책에 베껴 쓰기도 했다. 내 인생에 밑거름이 되어 준 책 중에 데미안이 있다. 높이 나는 새가 멀리 본다는 문장도 기억난다. 결혼하고 자녀를 돌보면서도 책을 읽고 싶어 했다. 시간이 없어 읽지 못해도 서점에서 책을 사곤 했다. 서울 광화문 교보문고는 나에게 행복한 공간이었다. 자녀들이 성장할 때 자주 갔던 곳이기도 하다. 교보문고에 갈 때마다 구매한 책이 방 안 가득 커다란 책장을 다 채웠었다. 폐암 수술 후, 서울집을 떠나 지방으로 내려오기 전에 그 책들을 다 정리했다. 요즘도 나는 책을 산다. 하지만 예전만큼 많이 사지는 않는다. 제주도에서 월세로 살다 보니 자주 짐을 옮겨야 한다. 짐을 옮길 때 가장 무거운 것이 책이다. 이제 도서관에서 빌려 본다. 그래도 가끔 급하게 읽고 싶고 간직하고 싶은 책은 과감하게 인터넷 주문으로 구입한다. 다 읽은 책은 중고 서점에 팔기도 한다. 며칠 전에도 인터넷 주문으로 알라딘에서 '소크라테스 익스프레스', '어떻게 위로할까?' 두 권의 책을 샀다. 딸이 읽어보라고 추천해 준 책이다. 내 곁에 놓고 수시로 읽으면 좋겠다는 생각으로 샀다. 그렇게 산 책들이 또 쌓인다. '도둑맞은 집중력', '모순', 우리 인생에 바람을 초대하려면', '슬픔의 파도에서 절망의 춤을', '톨스토이 단편집', '아버지의 해방일지'가 8개월 동안에 산 책 중에 집에 남아 있는 책이다. 또 다른 여러 권의 책은 2개월 전 이사하면서 지인에게 선물로 줬다. 모두 새 책이었다. 오늘 탐라도서관에서 빌린 책은 '오체 불만족', '그 많던 싱아는 누가 다 먹었을까?', '시인 동주'다. 이 책들은

언젠가 읽은 것도 같다. 오늘 오후 한라수목원에서 읽은 책은 '오체 불만족'이다. 일본 작가 오토타케 히로타다 이야기다. 오래전에 나온 책이다. 책 제목도 많이 들어서 알고 있는데 내용은 생소했다. 아마도 읽었다고 착각했나 보다. 좋은 책은 나에게 용기를 준다. 어떤 가치를 더 중요하게 생각하며 살아야 하는지 길을 보여준다. 나도 좋은 책을 쓰고 싶다. 10년 후, 20년 후, 언제가 될지는 모르지만, 그때가 오리라 기대한다.

고맙다 자녀들아

2023년 3월 27일 수요일, 잠을 자려고 침대에 누웠다. 전화벨이 울렸다. 밤 10시가 넘은 시간에 전화를 거는 사람은 딸이다. 미국은 오전이다. 평소에는 내 잠을 방해할까 봐 할 말을 카톡으로 남겨 놓는 딸이다. 전화벨이 울리면 급한 일이 있다는 신호다. 딸은 미국에서 월세로 산다. 계약이 올해 6월까지라 한다. 나는 딸을 만나러 7월 말에 미국에 가기로 했다. 딸은 나와 지내기 위해 6월까지인 방 계약을 7월까지로 한 달 연장했다. 그 방을 계약할 사람에게 7월 한 달은 딸이 낼 테니 더 있게 해달라고 부탁한 상태다. 그 집에 들어올 학생이 지내고 있는 월세방 계약이 다행히 7월까지 이기에 쉽게 타협이 됐다. 그 학생은 약속을 깼다. 딸이 지내고 있는 방 벽에 페인트칠해 준다는 주인의 말에 바로 약속을 깼다. 원래 6월까지 계약이기에 주인은 6월 이후 바로 페인트칠을 하겠다고 한다. 아래층에 같이 살던 룸메이트도 5월까지만 살고 나간다. 아래층도 페인트칠할 것에 대비하여 모든 가구를 치워야 한다. 딸은 그 가구들을 딸이 있는 동안 쓰고나서 딸이 처리할 것인지에 대해서도 고민이다. 아무것도 없는 텅 빈 1층을 지나다니기가 썰렁함을 미리 걱정하는 딸이다. 7월까지 지내도 된다고 말했던 학생이 주인에게 7월이 지나고 나서 페인트칠해달라고 부탁하면, 먼저 타협했던 약속을 지키게 된다. 그 약속을 믿고 7월 한 달간 살 집을 구할 생각도 하지 않은 딸이다. 딸은 속상함을 토로하기 위해 전화했다. 세상 살아가는 동안 이러한 일이 얼마나 자주 일어나는지 나와 딸은 안다. 갑자기 예상하지 못한 일이 닥쳤을 때, 그 당황함과 속상한 마음을 달래는 것은 어렵다. 준비되지 않아 요동치려는 마음을 잘 붙잡아야 한다. 그 상황에 맞대응하여 마음이 요동치게 하면 안 된다. 그 거센 파도에 마음을 빼앗기지 않아야 한다. 딸과 나는 이 상황에서 어떻게 대처해야 좋을지 대화했다. 처음에는 나와 대화를 하다가 도움이 되지 않는다며 전화를 끊었다. 그 속상한 마음을 진정시켜 주는 힘이 부족 했나 보다. 딸이 전화를 그렇게 끊고 나니 걱정이 됐다. 그때 바로 기도하기 위해 침대에서 일어나 무릎을 꿇었다. 기도했다. 딸을 도와달라고 하나님께 기도했다. 이 상황을 잘 풀어가는 힘을 딸에게 달라고 기도했다. 다시 잠을 자려고 누우니 딸에게서 전화가 왔다. 조금 전에 전화 통화를 하다가 끊을 때 불안했던 목소리가, 밝고 희망찬 목소리로 바뀌어 있었다. 나와 전화를 끊고 바로 오빠랑 전화했단다. 딸은 아들과 대화하며 위로도 받고 방법도 찾았다. 아들과 딸은 급한 일이 생기면 서로 대화한다. 딸은 7월 한 달간 지낼 방을 구하기로 했단다. 딸이 그 방을 더 사용하지 못하게 된 것에 속상했던 이유가 있다. 내가 미국에 갔을 때, 딸은 자신이 지내던 집에서 나와 함께 보내고 싶었다. 딸은 나에게 그렇게 하지 못하게 되었다고 미안해하며 속상한 마음을 전해 준다. 나는 괜찮다고, 엄마가 미국에 가는 건 딸을 보러 가는 것이라고 말했다. 딸이 지내던 곳을 보지 못하는 것은 나에게도 큰 아쉬움으로 남는다. 나도 속상하다. 상황들이 변하고, 약속이 깨어지고, 내 계획이 산산조각 무너짐을 경험할 때, 딸과 나와 아들은 찾아갈 길을 이제 안다. 나는 딸과의 전화 통화가 끝난 후, 침대에 누워 기도했다. 우리가 서로 평안하게 해주는 방법을 찾게 해주셔서 감사하다고. 딸이 화난 마음을 잘 풀어가는 방법을 찾아가도록 이끌어 주셔서 감사하다고. 두 남매가 대화하며 서로에게 힘이 되어 주는 사이가 되게 해주셔서 감사하다고. 딸이 어려운 상황들이 생길 때마다, 낙심된 마음을 스스로 추스르게 해주셔서 감사하다고. 손가락을 꼽으며 감사할 일들을 찾으니 열 손가락을 다 오므렸다. 고맙다 자녀들아. 서로 힘이 되어 주어서.

행복한 죽음을 맞이하기 위해

시간이 참 빠르게 흐른다. 2024년 4월 1일 월요일. 나는 올해 환갑의 나이다. 폐암 수술을 받은 후, 하루하루 언제 지나갈까 지루했었다. 강원도에 있는 산과 바다, 포항에 있는 산과 바다를 다 누비고 다녔다. 자연이 있었기에 지루함을 잘 견뎌낼 수 있었다. 지금 나는 제주도에서 자연을 누린다. 이 세상에서 살날이 어느 정도인지 모른다. 다만 떠날 날이 가까워지고 있음을 안다. 하루하루가 소중하다. 나는 이 시간을 아낀다. 배우고 싶은 것도, 가보고 싶은 곳도 많다. 먹어 보고 싶은 음식도 다양하다. 입어보고 싶은 옷도, 도전해 보고 싶은 일들도 많다. 남기고 싶은 이야기도 있다. 사람은 누구나 죽는다. 그 죽음을 눈앞에 맞닥뜨린 사건이 폐암 선고였다. 그 충격은 사라지지 않는다. 폐암 말기도 아니었는데도 그렇다. 2008년에 뇌종양 선고를 받았을 때, 세상이 무너진다는 느낌을 생생하게 느꼈다. 개두술로 종양을 제거하는 수술이었다. 수술실로 들어가는 침대 곁에 두 자녀가 서서 나를 바라보았다. 나는 자녀들을 바라보며 눈물을 흘렸었다. 나는 가족에게 많은 아픔을 안겨 줬다. 가족을 아프게 한 그만큼 잘 살아야 한다. 가족에게 사랑을 주는 자로 살아야 한다. 용기를 주는 자로 살아야 한다.

책도 많이 읽고 싶다. 강연도 다니고 싶다. 나는 하고 싶은 일들이 참 많다. 취미 생활하면서 죽을 날을 기다리고 싶지 않다. 일하고 싶다. 나이가 들어도 계속 일하고 싶다. 건강이 허락되는 한 일하고 싶다. 나는 오늘도 꿈을 꾼다. 나이가 들어서도 계속 가르치는 일을 하고 싶다. 글로, 강연으로, 영상으로, 만남으로 사람들과 소통하고 싶다. 서핑도 하고 싶다. 영어를 자유자재로 구사하며 세계여행도 하고 싶다. 해외 선교지에서 그 나라 말로 아이들과 대화하고 싶다. 나는 이 모든 것들을 다 이루어 갈 거라 믿는다. 나는 포기하지 않고 꾸준히 노력하며 도전한다. 어느 때는 여유롭게 카페에서 차도 마신다. 나는 오늘도 일한다. 나를 둘러싼 모든 환경과 사람에게 관심을 둔다. 하루를 감사와 기쁨으로 마무리한다. 일할 수 있는 건강이 있음에 감사하다. 그 건강을 지키기 위해 오늘도 운동한다. 잘 먹는다. 잘 잔다. 좋은 생각을 한다.

나는 꼭 내 꿈을 이룰 것이다

2024년 3월 24일 일요일, 책을 출판하고 싶다. 2023년 12월, 한 권의 책을 완성했다. 어느 작가님의 강의를 들으며 인디자인으로 만들었다. 인디자인은 책 만드는 컴퓨터 프로그램이다. 브런치 스토리에 썼던 글들을 모아 편집했다. 한 권의 책이 됐다. 책 제목은 '살기 위해 산다'. 그 책을 그냥 간직하고 있다. 독립서점에 입고 문의를 하지 못했다. 문의하고 싶은데 망설이기만 3개월째다. 자신이 없다. 내가 쓴 책을 좀 더 수필답게 수정하고 싶다. 나는 수필 쓰기 공부를 시작했다. 그 첫 번째로 책을 많이 읽는다. 집에서 가까운 탐라도서관에서 책을 빌려 읽는다. 이번 주에는 다섯 권을 빌렸다. 지난주에도 그랬다. 2주 동안 읽을 책이다. 이번에 빌린 책은 모두 글 쓰는 방법에 관한 책이다. 도러시아 브랜디 작가의 '작가 수업', 백승권 작가의 '글쓰기가 처음입니다', 어성호 작가의 '글쓰기의 8가지 기술', 송숙희 작가의 '최고의 글쓰기 연습법 베껴 쓰기'다. 여섯 권의 책을 다 읽었다. 오늘 하루 만에 4권 읽었다. 어제는 한라수목원 나무 그늘에서 두 권 읽었다. 글을 잘 쓰기 위해 좋은 글을 베껴 쓰는 연습을 꾸준히 하라고 한다. 나는 대학생 때 좋은 시를 많이 베껴 썼다. 책을 읽다가 좋은 내용이 있으면 공책에 옮겨 적었다. 그때는 그냥 책 내용이 좋아서 옮겨 썼다. 그때부터 계속 그렇게 해왔으면 나도 지금 작가가 되어 있겠구나 하는 아쉬움이 남는다. 나는 꿈꾼다. 언젠가는 서점에 진열된 내 책을 보기를. 오늘은 오후 3시부터 책을 읽기 시작했다. 3시부터 읽기 시작했는데 어느새 저녁 먹을 시간이 됐다. 4권의 책이 내 저녁 식사 시간도 빼앗았다. 침대에 누워서 읽다가, 앉아서 읽고를 반복하며 밤 8시 50분까지 읽었다. 모두 읽었다. 이제 용기를 내보자. 나도 할 수 있다. 내가 선택한 글 잘 쓰기 위한 연습 방법 중 또 한 가지는, 매일 아침 일어나자마자 글쓰기다. 아침에 눈을 뜨면 그냥 생각나는 대로 글을 쓴다. 저녁 9시에도 글을 쓴다. 나는 2023년 9월부터 아침마다 30분 정도씩 몸 근육 운동을 한다. 유튜브에 나오는 요가 동작을 따라 한다. 지금 2024년 4월이 다가오니 벌써 7개월 동안 했다. 그 효과가 내 몸에 그대로 나타났다. 늘어졌던 허벅지 살, 축 처졌던 뱃살, 팔을 들면 늘어지던 팔뚝 살이 근육으로 어느 정도 탱탱하다. 글쓰기도 매일 하면 탄력이 생길 것이라 믿는다. 나는 글을 잘 쓰고 싶다. 언젠가 내 꿈을 다 이룰 것이다.

5장 한 아이가 나에게

학교 지도 그리던 시간

학교 운동장 초록 잔디에 엎드린 23명의 아이
한 아이 옆에
흰 도화지 한 장 연필 한 자루 지우개 하나.

파란 하늘 하얀 구름 따사로운 햇살
살랑살랑 바람이
아이들에게 웃음을 선물한다.

흰 도화지 한 장 펼쳐 놓고
나무 놀이터
계단
건물을 올려놓는 아이들

아홉 살 아이들 좁은 교실 밖
넓은 초록 운동장에 누웠다.
초록 잔디 위 노랑꽃

빨강 꽃
파랑 꽃들이 피어 있는 듯

어쩜 이리도 예쁠까?
어쩜 저리도 사랑스러울까? 도화지 위에 그린 것이 없어도 아이들은 즐겁다.
나도 기쁘다.

비행기와 아침밥

밤이다. 비행기 소리가 더 크게 들린다. 한밤중에도 하늘을 날아 이동하는 사람들이 많다.

비행기를 탄 사람들은 저마다 다른 모습으로 살아간다. 교실 속 아이들도 그렇다.

아침에 교실 문을 열고 들어오는 아이들 표정이 다 다르다. 아침을 먹은 아이, 물만 마신 아이, 라면 먹은 아이, 과일만 먹은 아이, 빵을 먹은 아이. 부모가 아침밥을 챙겨주지 않아서 아무것도 못 먹은 아이도 있고, 늦게 일어나서 밥맛이 없어 안 먹은 아이도 있다.

나는 비행기를 타면 기분이 좋다. 다른 세상으로 순간 이동하는 느낌이다.

기껏해야 제주도에서 서울로 장소 이동인데.

나는 서울, 포항, 강릉을 거쳐 지금은 제주도 초등학교에서 학생들을 가르친다. 내가 만난 아이 중 아침밥을 먹지 못하고 오는 아이가 있다. 나른 아이들보다 키도 삭고 가녀리다.

아마도 매해 이렇게 아침밥을 못 먹었나 보다. 어느 지역이든 그렇다. 아이를 챙길만한 여력이 안 되는 부모가 있다. 내가 가르치는 아이 중에는 1년에 한 번씩 비행기 타고 여행 가는 아이도 있고, 부모가 아침을 챙겨주지 않아서 아침밥을 굶는 아이도 있다.

비행기 타고 여행 가는 아이도, 아침밥을 굶는 아이도 활짝 핀 벚꽃처럼 행복하면 좋겠다.

아이들과 함께하면

　나는 매일 칠판 오른쪽 맨 위에 숫자를 쓴다. 오늘은 71을 썼다. 여름방학 전까지 아이들과 교실에서 함께 공부하는 날 수다. 이 숫자를 적어 놓는 이유가 있다. 내가 이 아이들을 가르칠 수 있는 날이 제한되어 있음을 매일 인지하기 위함이다. 영원한 것이 아니기에 간절한 마음으로 하루를 보내야 한다. 2024년 올해도 벌써 4월 중순이다. 나는 학급 23명의 아이와 더 친해졌다. 아이들끼리 교실에서 서로 다투거나 오해가 생겼을 때, 서로 흥분하는 정도가 약해졌다. 학급 아이들에게 '나 전달법'으로 대화하는 방법을 가르쳤다. 상대방이 한 행동 때문에 자신의 마음이 어떤지 솔직하게 표현한다. 마음 상하게 한 행동과 자신의 감정을 말한다. 상대방은 잘못한 행동에 대해 사과한다. 아이들은 아주 작은 일로도 다툰다. 나는 다툰 아이들이 이 대화법으로 갈등을 풀도록 도와준다. 3월 한 달 동안은 다툰 일로 나에게 찾아오는 경우가 많았다. 4월에 들어서니 거친 말들이 사라졌다. 아이들은 자신의 말투와 사용하는 말의 느낌대로 행동한다. 거친 말을 하는 아이는 행동도 거칠다. 차분하고 친절하게 말하는 아이는 행동도 그렇다. 나는 아이들에게 말에는 힘이 있다고 가르친다. "나쁜 말을 하면 그 말을 하는 순간, 자신의 마음에 그 나쁜 말이 들어가는 거예요. 좋은 마음이 담길 자리를 빼앗는 거죠. 누가 나빠지는 걸까요? 우리는 모두 다 이 지구에서 단 한 명뿐인 사람이에요. 소중하다는 뜻이죠. 소중한 자신을 나쁜 말로부터 누가 지켜야 할까요? 좋은 말과 바른 행동으로 자신을 잘 지키고, 다른 친구도 지켜 주는 사람이 되면 좋겠어요." 좁은 교실에서 23명의 아이는 자기 책상 하나의 공간에서 몇 시간을 보낸다. 어른들이라면 하루 몇 시간 동안 딱딱한 의자에 앉아 버틸 수 있을까 궁금하다. 학교 공부가 끝나면 돌봄 교실로 가는 아이들도 있다. 방과 후 공부를 하러 가기도 한다. 바로 학원에 가는 아이들도 있다. 아이들이 살아가는 세상도 만만치 않다. 그래서 그런지 아침부터 어지럽다는 아이들이 몇몇 있다. 점심도 제대로 안 먹으려 한다. 다행히 잘 다독이며 한 숟가락씩 먹도록 도와주었더니 이제는 제법 다 먹는다. 오늘 점심시간은 더 놀라웠다. 그동안 안 먹는 아이 곁에 가서 숟가락으로 떠 주기도 했는데, 오늘은 내가 곁에 가지 않았는데도 스스로 다 먹었다. "선생님, 오늘은 빨리 먹었죠!" "선생님, 제가 혼자 다 먹었어요." 몇몇 아이가 뿌듯한 표정을 지으며 뽐내듯 말한다. 어느 한 아이가 다가와 말한다. "선생님, 아빠가 선생님은 정말 훌륭한 분이시래요." 순간 눈물이 울컥했다. 점심시간에 잘 먹지 않는 아이들에게, 내가 너무 힘들어 하지는 않았는지 걱정도 됐기 때문이다. 나는 아이들과 함께 지내며 배울 것도 많고 가르칠 것도 많다. 아이들과 많이 놀고, 웃고, 도와주고, 웃어주고, 괜찮다고 말해주려고 한다. 이 아이들이 나와 함께 하는 동안 마음이 자라고, 키가 커지고, 지혜가 자라기를 바란다. 10년 20년 후, 이 아이들이 나를 떠올린다면 이렇게 말했으면 한다. 그 선생님 정말 좋은 분이셨어. 그 선생님 덕분에 밥도 잘 먹었어. 용기도 얻었고 위로도 받았어. 나는 이 아이들에게 한 시간 한 시간 정성을 다한다. 아침 수업 시작 전에, 모두가 다 같이 한 명 한 명의 이름을 불러준다. 매일 아침 '오늘의 주인공'을 세워 칭찬해 주고 축하해 준다. 나는 체육활동을 할 때는 꼭 체육복으로 갈아입는다. 운동복 차림이 아이들과 운동하기에 제격이다. 아이들이 있어 내 생각, 내 마음, 내 지혜도 쑥쑥 큰다.

한 아이가 나에게

학급에 줄넘기를 넘지 않는 한 아이가 있다. 아이들은 대부분 줄넘기를 잡으면 줄을 앞으로 넘기며 두 발을 높이 뛴다. 이 아이는 줄을 잡지 않는다. 줄을 잡고 넘으려는 의지가 전혀 안 보인다. 줄을 손에 쥐여 주는 순간 온몸이 마비된 듯이 뻣뻣해진다. 줄을 바닥에 내려놓고 팔 돌리는 방법부터 지도했다. 나를 따라 똑같이 힘껏 팔을 돌리라고 가르쳐 주지만, 양팔을 겨드랑이에 붙이고 떼지 않는다. 기운을 내지 않는다. 두 발을 높이 뛰는 방법도 보여주지만 뛰지 않는다. 그 아이가 3월 첫날 점심시간. 내 앞자리에 앉아서 밥을 먹었다. 교실에서 전혀 말도 없고, 움직임도 없던 아이다. 그 아이가 밥은 먹지 않고 나에게 쉬지 않고 말했다. 밥을 한 숟가락 먹으면 대답한다고 했더니 한 숟가락 간신히 먹는다. 말을 잘하는 아이였다. 수업 시간마다 경직되어 있던 아이였다. 글자를 전혀 읽고 쓸 줄 모르는 아이다. 하지만 점심시간에 나와 마주 앉아 쉬지 않고 말했다. 학급 아이들이 다 먹고 식당을 나갔다. 그 아이만 우리 반 자리에 남았다. 나는 그 아이가 식사를 다 마칠 때까지 기다렸다가 그 아이와 함께 식당을 나왔다. 같이 산책하자고 했더니 좋아한다.

사뿐사뿐 내 주변을 뛰며 내가 가는 곳을 따라온다. 나는 학교 정원을 둘러보며 "꽃이 피었네"라고도 말하고, "예쁘다"라고도 말했다. 그 아이는 저만치 달려가 "이 꽃도 예뻐요. 여기도 있어요."라며 나를 부른다. 그렇게 지금까지 몇 주가 지났다. 점심시간은 그 아이와 나와의 단독 데이트 시간이 되었다. 그때 주변에서 놀던 다른 아이들도 따라와 같이 정원 산책을 했다. "여기 보세요. 선생님 저기도 꽃이 있어요." 자연스럽게 다른 아이들과 이 아이가 함께 어울리는 기회가 됐다. 며칠 전, 체육활동으로 협동 게임을 했다. 원 모양이고, 두 겹 천으로 된 놀이도구를 이용하는 협동 게임이다. 그 천에 구멍 다섯 개가 군데군데 있다. 야구공만 한 크기의 작은 공이 들어갈 구멍이다. 그 구멍은 각각 빨강, 주황, 노랑, 파랑, 초록색이다. 그 구멍에 들어갈 공 색깔도 같은 색 다섯 가지다. 공과 같은 색 구멍에 같은 색의 공이 들어가도록 천을 움직여야 한다. 천 가장자리를 10여 명이 잡고 천을 펼친 다음 그 위에 공 다섯 개를 올려놓는다. 이쪽저쪽 기울이며 공이 잘 들어가도록 한다. 다른 색 구멍에 들어가면 다시 꺼내야 한다. 그 게임을 하는데 갑자기 이 아이의 목소리가 또랑또랑 들렸다. "그쪽 들어야지, 이쪽으로 해야지." 교실에서 아무 말이 없던 아이였다. 순간 나는 다른 아이를 보는 듯했다. 생기있는 말투와 말을 계속 쏟아냈다. 3주 정도 보아 온 아이의 모습과는 전혀 다른 모습이었다. 그 뒤로 이 아이를 향한 희망이 더 생겼다. 이제 이 아이는 공부 시간에 축 처져 있지 않는다. 눈을 반짝반짝 뜨고 나를 본다. 주변 친구들이 도와주는 것을 잘 따른다. 하려는 의지가 생겼다. 다른 아이들이 놀고 있는 주변을 뱅 뱅 돌며 서성이던 아이였다. 지금은 놀이도구를 가지고 다른 아이에게 찾아가 같이 놀자고 말도 먼저 건넨다. 매일 아침 1시간씩 지각하고 아이들 앞에서 낙오자처럼 축 처져 있던 아이였다. 이제 지각도 하지 않는다. 아침 일찍 당당하게 교실 문을 열고 들어온다. 방과 후에 남아서 한글 공부도 한다. 2학년을 마칠 때쯤, 이 아이가 어떤 모습으로 변해 있을지 떠올려 본다. 줄넘기도 잘 넘고, 밥과 반찬도 거뜬히 다 먹고, 친구들과 신나게 놀고, 공부 시간에 큰 목소리로 책도 읽고, 자기 생각을 문장으로 표현하겠지. 나는 교사로서 이 아이를 어떻게 바라보고, 듣고, 반응하고 가르쳐야 할지를 스스로 배운다. 포기하지 않는 사랑. 나는 그 사랑을 실천하고 있다.

가르칠 수 있는 용기

아이들이 사랑스럽다. 23명의 아이. 우리 반에는 자폐 아이가 한 명 있다. 심한 자폐다. 중증 자폐라고 한다. 그 아이 옆에는 실무 선생님이 항상 같이 있다. 그 아이의 손이 되어 학습을 도와주신다. 내가 어떻게 해야 그 아이에게 도움이 되는지 고민한다. 하루에 몇 시간은 특수반 교실로 가서 따로 학습하고 온다. 체육활동을 할 때 함께 어울려 한다. 그 아이와 함께할 수 있는 체육활동이나 게임을 더 찾아야겠다. 수업 중에 그 아이가 갑자기 소리를 지르고 울 때는 교실 전체가 붕 뜨는 느낌이 든다. 그 아이를 그 상황에서 내가 어떻게 도울 수 있을까 생각해 보지만, 그냥 자연스럽게 계속 수업에 집중한다. 나는 마음이 차갑다. 따뜻하게 다가가는 것을 잘 못한다. 교사이기에 노력할 뿐이다. 신으로부터 받은 사랑의 힘으로 용기 내 다가갈 뿐이다. 나에게 사랑이 없다는 것을 나는 안다. 나는 아이들과 보내며 사랑하는 방법을 찾고 키워 간다. 어느 때는 내가 무언가를 제대로 하지 않고 있나 하는 미안한 마음이 들기도 한다. 이런 마음이 오늘 또 있었다. 나는 매일 학교 급식 시간에, 학급 아이들이 점심으로 나온 밥과 반찬을 다 먹도록 지도한다. 밥과 반찬이 조금씩 밖에 안 나오는데도 불구하고, 아이들이 음식을 안 먹고 다 버리고 있었다. 밥은 몇 숟가락도 안 먹고 그냥 버리고, 반찬은 거의 다 안 먹었다. 잘 안 먹는 아이들은 키도 작고 몸도 왜소하다. 그 아이들은 아프다는 말도 자주 한다. 기운이 없다고 한다. 그래서 나는 아이들이 밥과 반찬을 다 먹도록 지도하기로 했다. 밥 먹을 생각이 없는 것처럼 입을 꼭 다물고 앉아 있는 아이 곁에 다가가, 그 아이 숟가락으로 밥을 한 숟가락 뜬다. 그 위에 반찬을 올려놓아 주기도 한다. 오늘, 이 광경을 보시고 교장 선생님이 나에게 조심스럽게 물으셨다. "아이들이 밥을 못 먹나요?"라고. "아이들이 밥을 먹으려고 하지 않아요. 그래서 제가 천천히 다 먹도록 지도하고 있어요."라고 말씀드렸다. 교장 선생님은 걱정이 되셨나 보다. 혹시 아이들이 먹기 싫은 반찬과 밥을 억지로 다 먹게 해서, 학부모님들로부터 항의가 올 수도 있기 때문이다. 나는 교장 선생님의 말씀을 듣고 마음이 살짝 움츠러들었다. 식사 지도를 받으며 마지막으로 남아서 식사를 마친 두 아이와, 식당을 나와 학교 뜰을 걸었다. 아이들은 환하게 웃으며 나에게 다가와 손잡는다. 아이들이 잡아준 손이 순간 나에게 큰 위로가 됐다. 교실로 돌아와 교장 선생님께 메시지를 보냈다. '교장 선생님 안녕하세요. 점심시간에 걱정되셨지요. 사실 저도 걱정되어서 부모님들께 식사지도에 대한 동의를 구했습니다. 부모님들께서 동의해 주시고 좋아하셨습니다. 그래도 제가 더 조심스럽게 잘 지도하도록 하겠습니다. 주말 휴일 잘 보내세요.'라고. 아차 내일은 주말 휴일이 아니라 수요일이다. 국회의원 선거일이다. 내가 너무 과하게 지도하는 걸까? 조심해야겠다. 나는 점심을 잘 먹지 못하는 아이들에게 다가가 물었다. 점심을 다 먹기

싫은데 선생님이 다 먹게 해서 속상하냐고. 그랬더니 아니란다. 혹시 다 먹고 싶지 않으면 꼭 나에게 말하라고 했다. 아니란다. 다 먹기 위해 계속 도전하겠단다. 하지만, 나는 아이들이 집으로 돌아간 뒤에 좀 더 깊이 생각했다. 아이들에게는 내가 아무리 상냥하고 친절한 교사라도, 교사이기에 다 들어야 한다는 두려움도 있지 않을까? 학부모님들께 다시 메시지를 보냈다. '급식지도를 하고 있습니다. 천천히 다 먹도록 지도하고 있습니다. 자녀와 상의하시고 혹시라도 의견이 다르시면 언제든지 연락해 주시기를 바랍니다.' 아이들의 생각을 더 존중하며 식사 지도를 해야겠다.

묻고 듣고 또 묻고 듣고. 욕심부리지 말자. 아이들은 매일 성장한다. 하루하루 다른 모습으로 성장한다. 이 아이들과 만났다. 나에게 특별한 기회다. 내가 받은 사랑을 전하는 기회다. 나는 사랑이 부족한 자다. 그러기에 늘 겸손해야 하고 아이들의 말과 생각을 들어야 한다. 화를 내기보다 타일러야 하고 위로해 주고 알려주어야 한다. 나를 다듬어 가고, 나 자신을 더 겸손한 자로 세워 가는 시간이다. 나는 수시로 교만해지고 거만해진다. 욕심을 부린다. 모든 것은 내 것이 아닌데 말이다. 내가 아니어도 다른 누군가가 이 자리에 있을 텐데, 그 자리에 내가 있으니 얼마나 감사한가. 아이들이 고맙고, 부모님들께 감사하고, 동료 교사들이 있어 위로된다. 하루하루를 더 소중하게 여기며, 아이들에게 먼저 다가가 말을 건네자. 마음 모아 기도한다.

가르친다는 건

 나는 가르치는 일이 참 좋다. 물고기가 제 물을 만나 헤엄치는 격이랄까. 축 처져 있다가도 아이들 앞에 서면 좋은 생각이 쑥쑥 나온다. 나를 쳐다보는 아이들 눈망울이 힘이다. 생각하게 하고 행동하게 한다. 내 배가 고파도, 배가 아파도, 머리가 지끈거려도, 슬픈 일이 있어도, 우울한 일이 있어도 그렇다. 아이들에겐 나를 움직이게 하는 힘이 있다. 오늘 한 여자아이가 말했다. 다음 주 월요일 점심시간에 점심 먹고 산책하자고. 산책하며 꽃구경하자고. 학교 안 중앙현관 주변에 크고 작은 꽃이 활짝 피었다. 나는 점심 식사 후에 식당에서 나와 꽃구경하며 산책한다. 식당에서 밖으로 나오면 꽃밭이 있다. 그 꽃밭을 지나 교실로 들어간다. 내가 잠깐 바깥 맑은 공기를 마시는 시간이다. 그런 나에게 아이들이 다가왔다. 아이들과 친해지는 기회다. "선생님, 여기도 꽃이 있어요." "선생님, 여기와 보세요." 아이들은 신났다. 학교 정원에 핀 꽃처럼 예쁜 모습이다. 나는 아침에도 일찍 등교 한 아이와 함께할 거리를 찾는다. 분리수거를 한다. 분리수거를 하러 갈 건데 같이 가겠느냐고 아이에게 묻는다. 아이는 신이 나서 같이 가겠다고 대답한다. 아이에게 가벼운 것 하나를 맡긴다. 먼저 앞장서서 걷게 하고 나는 뒤따른다. 그 아이는 환하게 웃는다. 이리저리 춤추듯이 앞장서 걸어간다.

학교 공부가 끝나고 집에 돌아갈 때, 다가와 안아 달라고 하는 아이도 있다. 10년 후, 20년 후, 이 아이들이 성장한 모습을 상상한다. 그때 모습을 상상하며 지금의 아이들을 바라본다. 아이들은 꿈을 꾼다. 디자이너, 의사, 교사, 작가, 피아니스트, 경찰, 유튜버, 화가. 오늘도 아이들은 그 꿈을 안고 등교한다. 23명의 아이는 촘촘히 놓여 있는 책상과 의자 사

이 사이를 잘도 다닌다. 교실에서 서로 부대끼며 꿈을 키워 간다. 나는 교사다. 이 아이들에게 공부할 힘을 불어넣어 주어야 하는 교사다. 속상할 때 공감해 주어야 하는 위로자다. 잘못한 말과 행동을 바르게 고치도록 이끌어 주는 지도자다. 아이들 자신이 얼마나 소중한 사람인지 매 순간 알게 해주어야 한다. 서로 화해하는 방법, 다른 사람의 감정을 알아채 공감하는 힘. 서로를 소중히 여기는 공동체. '괜찮아'라고 말해주는 아이들. 나는 교사다. 아이들은 1년 동안 나와 함께 지낸다. 나의 말과 행동은 고스란히 아이들에게 흘러간다. 아이들 앞에서 좋은 본을 보여야 한다. 아이들은 내 생각과 표정을 닮는다. 나는 맡은 학급을 평화롭고 자유로운 교실 분위기로 가꾸어 가는 지도자다.

벚꽃 닮은 아이들

출퇴근할 때 길가에 활짝 핀 벚꽃을 본다. 분홍색 벚꽃도 있다. 풀꽃도 있다. 노란색, 빨간색, 보라색, 키가 큰 나무에 달린 꽃, 키가 작은 나무에 맺힌 꽃, 거름더미 근처에 핀 꽃. 꽃을 보며 걷는 내 얼굴도 꽃처럼 활짝 핀다. 신이 난다. 혼자 이를 드러내며 웃는다. 건강이 저절로 좋아진다. 나는 사람들에게 미소를 안겨 주는 밝은 사람이 되고 싶다. 학급 아이들에게 그런 교사가 되고 싶다. 나는 아침 등교 시간부터 하교 시간까지 아이들을 지도한다. 요즘 몇몇 아이들은 나에게 다가와 안긴다. 책가방을 메고 교실 문을 나서기 전에 나를 안아주는 아이들이 있다. 천사들에게 안기는 기쁨이다. 천사들의 합창. 우리 반 아이들은 천사들이다. 나는 그 합창단 지휘자다. 아이들은 체육활동 시간에 가장 아이답다. 나는 해마다 아이들을 만날 때마다 아이들에게 감동한다. 어린 아이들이 학교생활을 얼마나 열심히 하는지. 가르쳐 주면 가르쳐 주는 대로 그대로 따라한다. 그 많은 활동에 다 참여한다. 수학, 국어, 자신을 알아가는 공부, 체육활동, 책 읽기, 그림그리기, 놀기. 아이들은 바쁘다. 놀이에 몰입하는 시간은 점심시간이다. 점심 식사 후, 30분 정도 친구들과 어울려 충분히 논다. 물론 점심 식사를 느리게 하는 아이는 놀 시간이 별로 없다. 공부 시간에 학습 활동할 내용을 설명하고 이제 하자고 말하자마자 "어떻게 해요?", " 뭐해요?"라고 묻는 아이가 몇몇 있다. 진지한 말투와 표정으로 묻는다. 답답하기도 하고 당황스럽기도 하다. 그 아이들 곁에 다가가 하나씩 집어 가며 다시 설명해 준다. 늦게 피는 꽃도 있고, 빨리 피는 꽃도 있는 것처럼 아이들도 그렇다. '우리는 모두 모든 면에서 점점 더 좋아지고 있다.'라고, 하교하기 전 다 같이 인사할 때 함께 외친다. 말에는 힘이 있다. 아이들이 매일 자신에게 외치고 학급 안에서 외칠 때, 1년 동안 그 외친대로 변한다. 나는 오늘도 이 아이들을 만나러 간다. 아침 햇살을 받으며 간다. 길가 꽃들을 즐기며 싱그런 아침 길을 걷는다. 그리고 감사함을 가득 안고 퇴근한다. 활짝 핀 벚꽃. 집으로 걸어가는 길가에 마치 벚꽃 잔치라도 열린 듯 벚꽃들이 만발한다. 몽실몽실 소담스럽게 핀 벚꽃은 우리 반 아이들의 웃음과 환한 표정을 닮았다.

교실

    교실 속 풍경이 귀엽다. 23명의 각자 다 다른 아이들이 모인 교실은 동화 속 장면 같다. 아이들은 아침 8시 30분부터 한 명 두 명 모이기 시작한다. 작은 교실에 책상과 의자가 24개 있다. 짝꿍과 붙어 앉으면 더 불편할까 봐 각자 따로 떨어져 앉도록 했다. 아이들이 지나다닐 좁은 통로가 각 분단 사이 사이에 있다. 6분단으로 나누었다. 한 분단에 책상과 의자 4개가 줄 서 있다. 하루 수업 시간은 다섯 시간이다. 각 공부 시간이 끝날 때마다 쉬는 시간 10분, 점심시간 60분은 아이들에게 신나는 시간이다. 아이들은 수업 시간마다 해야 할 공부를 잘도 해낸다. 1학년을 마치고 바로 2학년이 되었으니, 그냥 1학년이나 마찬가지다. 새 학년 첫 주는 서로를 잘 몰라서인지 말다툼이 잦았다. 이제 한 학급 친구가 된 지 4주째다. 벌써 1개월이 지나간다. 한 교실에서 서로가 평화롭게 지내려면 규칙을 알고 지켜야 한다. 공부 시간에 해야 할 행동, 하지 않아야 할 행동, 복도 통행 방법, 화장실 다녀오는 방법, 점심시간에 지켜야 할 일들, 체육활동 시간에 줄 서는 방법, 친구들과 서로 갈등이 있을 때 대화로 푸는 방법, 친구들과 잘 노는 방법, 바른 자세로 앉기 등. 반복하고 반복해도 아이들은 금방 잊는다. 당연하다. 매일 앵무새처럼 반복하며 규칙을 지도해야 한다. 나는 아침 1교시 시작 전에, 잠깐 동화를 읽어 주기도 한다. 갑자기 공부를 시작하면 아이들이 버거워할 것 같아서다. 자연스럽게 집중하도록 유도하려는 방법이다. 동화책을 커다란 텔레비전 화면으로 보여주고 내가 읽어 준다. 어느 때는 아이들이 읽기도 한다. 시간마다 가르쳐 주는 것을 열심히 하는 모습이 참 사랑스럽다. 글씨를 쓰고 그림을 그리고, 숫자를 쓰고, 책을 읽고, 가위로 오리고. 다양한 활동을 한다. 벌써 한 달밖에 지나지 않았는데 처음보다 쑥 성장한 느낌이다. 나는 우리 반 아이들 23명과 신나는 하루하루를 보낸다. 좁은 교실 안에서. 그 교실은 보물 창고다. 아이들의 다양한 이야기가 담긴 이야기보따리다. 아이들이 있는 교실은 살아 움직이는 동화다.

나는 학생들을 통해
인생을 공부한다

　방학이다. 겨울방학이 시작됐다. 2023년 9월 1일, 30명의 학생을 제주시에 있는 어느 학교 교실에서 만났다. 2023년 2학기, 3학년 한 학급 담임교사로 근무하기 시작했다. 나는 학생들과 처음 만난 날 깜짝 놀랐다. 1학기가 지났건만 학생들은 학급 친구들의 이름을 거의 모르고 있었다. "야"라고 불렀고, 오히려 나에게 "저 애 이름이 뭐예요?"라고 묻는 학생도 있었다. 서로 관심 있는 학생들끼리만 이름을 불러주고 있었다. 그 모습은 나에게 충격이었다. 나는 이 학생들과 2학기 담임교사로 5개월을 지도해야 한다. 이를 어쩌나, 서로에게 관심을 두도록 하는 것이 최우선이었다. 교실이라는 좁은 공간에 29명이 촘촘하게 앉아 있다. 교실은 29명이 활동하기에 좁다. 책상과 책상 사이 지나다닐 수 있는 공간이 좁게 열려 있을 뿐이다. 교실 안에서 지나다니다가 서로 부딪치는 일은 허다하다. "야, 네가 나 쳤잖아.", "내가 언제." 서로 말다툼이 쉬는 시간마다 끊이질 않았다. 무언가 해야 했다. 이름을 불러주기로 했다. 매일 아침 수업을 시작하기 전, 학급 모든 학생이 한 친구의 이름을 불러준다. 그렇게 29명 친구의 이름을 불러주고, 마지막으로 내 이름을 불러준다. 한 학생의 이름을 부르고 박 수 두 번 치고, 또 한 학생의 이름을 부르고 박수 두 번 치고. 축 늘어진 아침에 손뼉을 치며 큰 소리로 다른 친구들의 이름을 불러주니 학생들이 더 생생한 모습이다. 이름을 다 부르고 나면, '오늘의 주인공'을 소개한다. 하루에 한 명의 학생이 오늘의 주인공이 된다. 나는 오늘의 주인공 학생이 이 세상에서 얼마나 소중한지 다른 학생들에게 말해준다. 이 세상에 태어난 것만으로도 소중하다고, 그러니 '오늘의 주인공'에게 함부로 말하거나 행동하면 안 된다고. 친구들 앞에 서 있는 '오늘의 주인공' 학생은 자리에 앉아 있는 친구들로부터 칭찬을 받는다. 학생들은 자신을 보호하기 위해 서로를 탓하고 지적하는 말이 습관 되어 있었다. 물론 그렇지 않은 학생도 있었지만, 교실 전체 분위기는 테이블 가장자리에 놓인 유리잔이 언제 넘어져 깨질지 모르는 상황처럼 아슬아슬했다. '나 전달법', '마음 신호등'을 알려주었다. 처음 몇 개월은 하루에도 몇 번씩 갈등 상황을 안고 나에게 왔다. 내 앞에서 상대방이 잘못했다며 화를 냈다. '나 전달법' 과 '마음 신호등'을 연습시켰다. "네가 잘못했어"라고 말하기보다 "네가 그렇게 행동해서 내 기분이 지금 이래."라고 말하도록 연습시켰다. 아니 나 자신도 연습했다. 나 자신도 내 마음을 잘 표현하지 못해 왔기 때문이다. 사실, 나는 학교에서 학생들을 지도한다고 하지만 동시에 나 자신도 스스로 지도받는다. "애들아, 선생님도 항상 연습하고 있단다. 사람은 죽을 때까지 좋은 말과 행동을 하기 위해 연습해야 해."라고 말한다. 9월, 10월, 11월, 12월, 1월. 시간이 지나갈수록 교실 분위기가 안정되어 갔다. 매일 서로의 이름 불러주는 것을 학생들은 정말 좋아했다. 내가 좀 바빠서 빠뜨리고 지나가려

하는 날에는 학생들이 말한다. "선생님 이름 불러주어야지요.". '오늘의 주인공'은 한 학생이 5개월 동안 세 번 경험 했다. 마지막 한 달은 한 명씩 하면 날짜가 부족하여 두 명의 학생이 오늘의 주인공이 되었다. 두 명의 학생이 동시에 앞에 서 있고 칭찬을 받는다. "여기 나온 OO과 OO은 서로 다르지요, 그런데 무언가 공통적인 좋은 점을 찾아보아요." 나는 이렇게 말하고 다른 학생들의 반응을 기다렸다. 정말 찾을 수 있을까 하고 살짝 긴장했는데, 닮은 점을 잘 찾아주었다. 한 명은 장난기가 심하고, 다른 한 명은 '욱'하는 일이 많은데 그 두 학생을 이렇게 칭찬했다. " 에너지가 많아요.", "열정적이에요.", "호기심이 많아요."라고. 얼마나 놀라운가! 이제 학생들은 긍정의 눈으로 서로를 바라본다. 방학이 다가올수록 학생들은 헤어지는 것이 아쉬워 서로를 챙기느라 분주했다. 얼마나 아름다운 모습인가! 내가 학생들을 처음 만났을 때와 다르게 변했다. 2학기 마지막 날, 눈물을 흘리며 우는 아이들도 있었다. 5개월 동안 우리는 해냈다. 서로 사랑할 수 있다는 것을 경험했다. "얘들아, 선생님이 10년 후에도 살아있으면 다시 만나자." "네, 선생님. 꼭, 만나요." "우리 고품격으로 살자. 그러려면 말도 행동도 고품격으로 해야 해." 나는 내가 학생들에게 하는 말을 가장 먼저 듣는다. 그 말은 나에게 하는 말이다. 나는 학생들을 통해 매일 인생을 배운다. 학생들은 나의 인생 교사다.

6장. 오늘이 선물이구나

이호테우해수욕장에서 서핑

물 위에 뜬 서프보드
그 위에 엎드린 나
업 하나둘 셋
시선 멀리 보세요.
업 소리에 허리를 세우고
하나둘 셋 소리에 몸을 일으켰다.
시선은 바닷속을 향하고
바로 바닷물 속으로 첨벙
멋진 폼을 잡고 싶은데
맘과 몸이 따로다.
나이 60에 도전한 서핑
보드 위에 3초
빠져도 빠져도
짜디짠 바닷물
마시고 마셔도
얼굴과 가슴이 활짝 펴진다.

이 기쁨은 어디서 오는 걸까?

내가 살아있구나!

하면 되는구나!

나이 들어가다 보니

나이 들어가다 보니
미워할 힘도 없어지고
원망하는 것도 의미 없고
관심받는 것도 흥미 없고
내 마음 평안한 것이 제일이다.

나이 들어가다 보니
인정받는 애씀보다
권위로 뻣뻣한 마음보다
갈라서는 편협함보다
변명을 위한 많은 말보다
부드러운 잔잔한 미소가 좋더라.

나이 들어가다 보니
돈을 좇아가지 아니하고
일의 노예가 되지 아니하고

보이는 것에 현혹되지 아니하고
선하지 않은 자의 힘에 끌려가지 아니하고
선함을 좇아 애쓰는 것이 기쁨이더라.

오늘 하루 감사하자

오~

오늘이 얼마나 소중한 날인지 생각한다.

늘~

늘 주어지는 당연함은 아니다.

하~

하루하루 살다 보면 슬픈 날도 있고 기쁜 날도 있다.

루~

루비처럼 반짝이는 날도 있다.

감~

감격의 눈물을 흘리며 기뻐하는 날도 있다.

사~

사랑의 마음을 품고 살아간다는 것

하~
하늘의 뜻이 아닐까?

자~
자연의 아름다움을 품은 사랑의 전달자가 되고 싶다.

내가 없어도
새가 노래하고

내가 없어도
파도가 일렁이고

내가 없어도
꽃은 피고

내가 없어도
바람은 부는구나.

새가 노래하듯
파도가 일렁이듯
꽃이 피듯
바람이 불듯

세상도 그렇구나.

새소리를 듣고
파도를 보고
꽃을 느끼고
바람을 맞이하는
선물을 받았구나.

새소리처럼
파도처럼
꽃처럼
바람처럼
나로 살아야지.

오늘이 선물이구나.

제주도 보리밭

담백한 제주도 보리빵
시내를 벗어난
곳곳 들판을 차지한 보리밭
5월 중순
들판을 노랗게 물들인 보리밭

여린 보리싹이
쑥쑥 키만 자라는가 싶더니
탱탱한 보리 알로 하늘을 향한다.
껍질이 벗겨지고
보리 알알이 모습을 드러내
보리빵이 되겠다.

13살 시골 소녀가
29살에 결혼을 하고
어느새 60살이 되었다.

그냥 나이만 먹나 싶었는데
살아온 이야기가 보따리에 가득하다.
내 모습 그대로 드러나 내가 되겠다.

사랑이 숨어있다

내가 사는 곳은
이호테우 해수욕장 근처
수평선 주변을 붉게 물들인 태양
푸릇한 해초 냄새
바다 한가운데를 지나는 작은 배
출렁대는 파도 위를 미끄럼 타는 사람들
행복을 담으러 온 여행객들
곳곳에 심어진 야자수

내가 만든 것은 하나도 없다.
내가 계획한 것도 아무것도 없다.
내가 지불한 비용도 없다.
나는 그저 누릴 뿐이다.
오늘 하루도 그랬다.

다른 이가 만든 자동차를 타고

다른 이가 만든 우유를 마시고
다른 이가 만든 옷을 입고
다른 이가 지은 집에서 편히 쉰다.

내가 살아 움직이는 모든 곳에 다른 이의 사랑이 숨어있다.
그 사랑으로 행복을 누리며 하루를 산다.

스스로 긴박한 상항을 만들지 말자

2024년 4월 22일 월요일 아침, 서울에서 제주도로 출근하기 위해 집을 나섰다. 김포공항에서 첫 비행기로 제주 공항에 도착했다. 김포공항에서의 긴박한 상황을 뚫고 도착한 제주공항이다. 김포공항에서 아침 6시 15분 출발, 제주도에 7시 35분 도착 예정인 비행기를 탔다. 김포공항에서 이 비행기를 타기까지 긴장의 연속이었다. 발을 동동 구르는 일을 몇 번 거듭해야만 했다. 가양역에서 아침 5시 30분에 출발하는 9호선 전철을 타고 김포공항역에서 내렸다. 바로 뛰어서 공항으로 들어가 체크인하고 검색대를 통과하면 된다. 김포공항역에서 공항까지 걸리는 시간은 빨리 뛰면 10분 안이다. 김포공항역에 내리니 5시 41분이다. 뛰었다. 무거운 배낭 가방을 메고 쉬지 않고 달렸다. 5분 만에 공항 안에 도착했다. 공항에 들어서면서부터 내 동공이 흔들리기 시작했다. 예상치 못한 장면이 펼쳐져 있었다. 여행 철이라 그런지 이 새벽부터 사람들이 공항 안에 꽉 차 있다. 공항 안이 사람들로 북새통이었다. 체크인하는 곳, 지문 등록한 사람이 들어가는 곳도 길게 줄 서 있다. 이를 어찌하랴. 지문 등록한 사람이 들어가는 곳은 늘 줄 서는 일이 없었다.

바로 들어가곤 했다. 그 생각만 하고 달려왔는데 막혀 버렸다. 체크인하고 통과하니 5시 56분이다. 49분부터 56분까지 7분이 이렇게 길게 느껴지다니. 큰일이 또 기다리고 있었다. 검색대를 통과해야 한다. 비행기를 놓치면 어쩌나 하는 긴장과 초조함이 몰려왔다. 검색대를 향해 줄 서 있는 앞사람들에게 부탁할까 말까를 고민했다. 앞으로 빨리 나가고 싶은 마음에 종종 동동 발을 이리저리 움직였다. 숨이 막힐 것 같았다. 5시 55분부터 탑승이 시작되었다. 내가 검색대를 통과하기 위해 긴 줄 끝에 서 있기 시작한 시각은 5시 58분이다. 그나마 다행인 것은 탑승구가 11번이었다. 비행기를 자주 타다 보니 탑승구 위치를 어느 정도 기억한다. 11번 탑승구는 검색대에서 바로 가까운 곳에 있다. 앞사람을 밀지도 못하면서 마음으로는 밀다시피 하며 앞으로 나아갔다. 엎친 데 덮친 격으로 배낭 가방에 들어 있는 노트북을 빼야 했다. 노트북을 가방에서 꺼내고, 재킷을 벗고 검색대를 통과했다. 좁은 가방에 꾸역꾸역 넣은 짐들이 노트북을 빼내면서 이리저리 가방 안을 다 채워버렸다. 어쩔 수 없이 노트북을 안고, 가방을 메고 달렸다. 11번 탑승구에 도착하니, 줄 서 있던 사람들 몇이 탑승구로 들어가고 있었다. 10명 정도가 나를 기다려 준 느낌이 들었다. 거의 마지막에 들어갔다. 공항에서 가끔 벌어지는 일이 있다. 비행기 출발 시각이 지나가는데 탑승하지 않은 사람을 애타게 부르는 방송이다. 오늘 내가 다급한 상황을 겪고 나니 그런 사람들이 이해됐다. 항공사에서 비행기 출발 전날 문자가 온다. 출발 1시간 전에 공항에 도착하라고. 나는 오늘 아침 비행기 출발 시각보다 28분 정도만 일찍 도착했다. 위험한 모험이었다. 제주도 공항 안에서 나와 버스정류장에 갔다. 출근 시간은 아침 8

시 30분. 버스 시간표를 보니 버스를 타고 가도 출근 시간에 늦지 않을 듯했다. 택시를 탈까 버스를 탈까, 고민하다가 택시를 선택했다. 비행기 타기 위해 거쳤던 긴장감을 또 느끼고 싶지 않았기 때문이었다. 택시를 탄 덕분에 출근 시간보다 40분 일찍 도착했다. 아이들이 오기 전에 따뜻한 차도 마시고 잠깐 호흡을 가다듬었다. 새벽부터 긴박한 상황의 연속이었음에도 침착하게 행동한 나 자신이 든든하고 기특했다. 이제 제법 단단해진 나를 경험하는 기회였다. 하지만 가능하면 긴박한 일을 스스로 만들지 않기로 마음먹었다.

내가 선택한 작은 것

하루아침이 시작됐다.

오늘도 나는 움직인다.

무엇에 끌려 움직일까.

순간순간 결정해야 한다.

아침에 소금물 입가심을 할지 말지!

잡곡밥을 먹을지 말지!

청소할지 안 할지

책을 매일 읽을지 안 읽을지

글을 매일 쓸지 안 쓸지!

창문을 열고 창문 밖 풍경을 볼지 말지!

스트레칭할지 말지!

걸을 것인지 앉아 있을 것인지

기도할 것인지 안 할 것인지

나는 움직임을 선택한다.

작은 것을 선택해 왔을 뿐인데
후 불면 날아갈 듯 작은 것들이었는데
쌓이고 쌓여 나를 지탱해 주는 든든한 습관이 됐다.

나는 부자다

나는 내가 보고 싶은 걸 다 본다.
저녁노을에 물든 주홍색 바다
밝은 햇살 아래 맑은 하늘색 바다
비 오는 날 빗방울을 담는 바다
나무, 들꽃, 돌담 파란 하늘

나는 내가 원하는 걸 다 한다.
책을 읽고
달리기하고
글을 쓰고
기도하고

나는 내가 먹고 싶은 걸 다 먹는다.
여덟 가지 잡곡밥
버섯 마늘 야채
두부가 들어간 맑은 찌개

과일 몇 조각, 견과류를 담은 요구르트

나는 맘껏 사랑을 담는다. 작고 작은 내 마음 주머니에
나를 존재하게 하는 모든 대상 사랑의 씨를 한 알 한 알 담는다.

나는 부자다.

내가 준 것 하나 없는데

쪼롱쪼롱 쪼로로쪼로로
새소리를 찾아가면
그늘이 되어 주는 나무
지친 몸과 맘을 씻어주는
풀, 꽃, 나뭇잎 향기
내가 준 것 하나 없는데
갈 때마다 아무도 주지 않는 선물을 준다.

솨아아아 솨아아아
파도 소리 따라가면
수평선 너머 보고 싶은 사람
외로움을 달래준다.
내가 준 것 하나 없는데
갈 때마다 아무도 주지 않는 위로를 준다.

타박타박 걷는 운동화 옆에

손톱보다 작은 노랑꽃이 웃어주고
쭉쭉 뻗은 연한 청보리
서로 기대 꼿꼿함이
내가 준 것 하나 없는데 볼 때마다 보드라운 마음을 준다.

일요일 아침

커튼을 젖히며 하루를 연다.
야자수가 서 있고
바다 파도가 일렁이고
모든 것 위에 하늘이 있다.

기지개를 켜고
소금물로 입가심하고
물 한 모금 마시고
컴퓨터를 켠다.

자판을 누르고
문장을 만들고
생각 그림을 그리고
글자 따라 나를 본다.

펼친 매트 위

팔 굽혀 펴기 스
윗몸일으키기 온몸 이곳저곳
힘센 소리가 들린다.

아침 메뉴 된장찌개 냄새
시커먼 잡곡밥 바삭바삭 김
우유로 손수 만든 요구르트
물 한 컵 속 비타민C

가방 속에 쏙
등산용 보온병 속 귤 차
삶은 고구마 두 쪽
성경책 핸드폰 가뿐하다.

나를 사랑하는 방법

나는 제주아트센터에서 공연을 봤다. 독일 슈투트가르트 페가소스스트링 콰르텟 초청 공연이다. 제목이 길다. 콰르텟이 무슨 뜻인가 찾아보았더니 네 사람으로 편성된 연주다. 나는 음악을 잘 모른다. 클래식 음악이 정서에 좋다고 하니 들으려고 노력했다. 자녀를 임신했을 때도 클래식 음악을 들었다. 나는 시골에서 태어나고 자랐다. 농부의 딸이다. 어머니와 아버지는 한글을 잘 모르셨다. 집안에 음악과 관련된 것은 없었다. 고등학교 졸업할 때까지 클래식 음악은 들을 기회가 없었다. 고등학생 때 학교 음악 시간에 몇 번 들었겠다. 대학생 때도 클래식 음악을 접할 기회는 별로 없었다. 나는 서울교육대학을 졸업했다. 초등교사가 되기 위한 필수 교육 과정으로 음악교육 시간이 있었다. 그때 피아노 앞에 처음 앉았다. 바이엘을 연습했던 기억이 난다. 그때부터 피아노를 치고 싶었지만 계속 배우지 못했다. 나는 피아노 건반 소리가 좋다. 세월이 많이 지났건만 피아노 치고 싶은 미련을 아직도 버리지 못했다. 좁은 월세방에서 살면서도 작은 전자 키보드를 산 이유다. 가끔 하루에 10분 정도 건반을 누르며 소리를 듣는다. '세광 반주 테크닉', '하농 60'

책을 펴놓고 악보 따라 건반을 누른다.

나는 제주특별자치도 문화사랑회원이다. 2018년도에 폐암 수술을 하고 제주도에서 몇 개월 보낼 때 우연히 회원가입을 했다. 그 뒤로 제주특별자치도에서 공연 안내를 카톡으로 보내준다. 서귀포 예술의 전당, 제주시 문예회관, 제주아트센터에서 열리는 공연 안내다. 덕분에 뮤지컬, 연극, 노래, 합창, 국악, 관현악단 연주 등 품격 있는 공연을 여러 편 관람했다. 오늘 본 공연도 그중 하나다. 나는 공연 내용보다 공연자들에게 감동한다. 그들은 처음 태어날 때부터 그 공연을 위해 준비된 자들처럼 느껴진다. 악기를 연주하는 사람은 더욱 그렇다. 그 길고 긴 악보들을 볼 사이 없이 연주한다. 손가락 움직임이 물 흘러가듯이 빠르다. 음악 소리, 손가락 움직임, 음악에 맞추어 공연하듯 하는 몸놀림. 온몸이 악기처럼 보인다. 어느새 두 시간이 훌쩍 지나간다. 나도 그들처럼 멋진 열정으로 살아내리라. 나는 오늘 공연한 4명의 아름다운 연주 분위기를 내 안에 담았다. 나를 사랑하는 방법이다.

가진 것 없으니

내가 사는 집에 누가 놀러 왔다. 그 누구를 알게 된 지는 두 달 정도 됐다. 서울에서 제주도로 올해 3월에 내려오신 분이시다. 나처럼 제주도에서 기간제 교사를 하기 위해서다. 올해 1월 말, 제주 시내 초등학교에 기간제 교사로 지원하여 면접하러 갔다가 만났다. 면접 대기실에서 그분은 처음 보는데도 오랫동안 나를 만나 온 듯 스스럼없이 말을 건네셨다. 그분은 그 학교에 근무하게 됐다. 나는 우여곡절 끝에 다른 학교에서 근무한다. 그때 인연으로 몇 번 만났다. 며칠 전에는, 퇴근 후 유채꽃을 보러 가자고 연락을 해주셨다. 서귀포 표선면 가시리 마을까지 다녀왔다. 그분이 내가 근무하는 학교 정문까지 차를 가지고 와서 태우고 갔다. 제주아트센터에도 함께 다녀왔다. 나는 나 혼자 공연을 보기 위해 표를 예매했었다. 공연 며칠 전, 갑자기 그분이 떠올려지며 같이 가자고 말해보고 싶었다. 예매했던 표를 취소하고 다시 두 명 것으로 예매했다. 국악 공연이었는데 엄청나게 좋아하셨다. 오늘은 내가 사는 집에 그분을 초대했다. 내가 사는 집 주변에 이호테우 해수욕장, 도두봉이 있다. 베란다 문을 열면 멀리 한라산도 보인다. 또 침대 옆 커튼을 젖히면 바다가 보인다. 그분은 자신도 이곳에서 살고 싶다고 말한다. 방에 들어서자 다양한 감탄사를 쏟아내셨다. 우리는 이호테우 해수욕장 모래사장을 맨발로 걸었다. 도두항 근처 음식점에서 점심 특선 해물 뚝배기 요리를 먹었다. 도두봉 산책로를 산책하고 정상에도 올라가 사진을 찍었다. 도두봉 근처 커다란 카페에 들어가 바다를 바라보며 달콤한 빵과 카페라테도 마셨다. 다시 내 방으로 돌아와 과일을 먹으며 시간 가는 줄 모르고 이야기했다. 헤어지고 나니 오후 6시다. 결혼 후, 내가 사는 집에 손님이 온 적이 거의 없었다. 친척들도, 형제들도, 친구들도, 이웃들도. 내가 초대하지 않았기 때문이다. 아들딸 친구들은 어려서부터 많이 놀러 왔다. 아이들이 놀러 오는 것은 신경이 쓰이지 않았다. 내 집은 좁았고 멋진 가구도 없었다. 나는 누군가를 대접할 만한 요리 솜씨도 없었다. 예쁘게 차를 대접하는 것도 못 해봤다. 폐암을 앓고 나서 내 마음의 문이 열린 걸까? 사람들이 다가왔다. 언니가 찾아오고, 동생이 찾아왔다. 교회 친구도 찾아왔다. 강릉, 포항, 제주도로 찾아왔다. 내가 가는 곳으로 나를 만나러 왔다. 작년에는 친구 3명이 찾아와 맛있는 음식들을 많이 사주고 갔다. 올해 1월에는 대학교 친구들 5명이 놀러 왔다. 비좁은 내 방에서 여섯 명이 2박 3일 동안 잤다. 호텔에서 지낼 만한 친구들이다. 그 친구들이 내 집에서 자겠다고 했다. 호텔만큼 깨끗하지도 넓지도 않은 곳이다. 내가 지내는 방에서 보내고 싶단다. 내가 사는 집에 친구들이 놀러 온 건 처음이었다. 나이가 들어서였을까? 아니면 내 집이 아니고 임대로 있는 집이라서였을까? 보여줄 것이 없어도 마음이 쪼그라들지 않았다. 친구들이랑 좁은 방에서 방바닥에 요를 깔고, 다리를 나란히 하고 잤다. 친구들은 아침밥 대신 방바닥에 빵, 우유, 떡, 가지고 온 차와 땅콩 등을 펼쳐 놓았다. 자고 일어난 모습 그대로 삥 둘러앉아 골고루 나누어 먹었다. 여행이 끝나고 서울로 올라가는 날, 나에게 60만 원을 입금해 주었다. 오성급 호텔보다 더 좋은 곳에서 자고 먹고 쉬고 가서 고맙단다. 눈물이 났다. 서울에서 교회 여전도사님들 두 분도 찾아오셨다. 당일 여행으로 오셨다가 내 방에서 잠깐 누워 쉬시다 가셨다. 나를 사랑해 주는 언니 두 분이 오셨다 가신 느낌이었다. 내일 일요일에는 작년에 같은 학교에서 근무했던 선생님과 제주아트센터에 간다. '폐가 소스 스트링 콰르텟' 초청 공연이다. 혼자 보려다가 그 선생님이 생각나서 같이 보러 가자고 연락했다. 내 마음이 더 열리나 보다. "같이 할래요?"라고 묻고, "놀러 오세요."라고 건넨다. 혼자가 편했던 나다. 내가 월세로 사는 집 가구들이 내 것이 아니어서 편하다. 누구에게나 보여주는데 아무렇지 않다. 내 것이 아니니까. 나는 이제 가진 것이 별로 없다고 말하지만, 마음은 이 세상을 다 가진 듯 풍요하다. 이제 나를 자유롭게 하는 것은 내가 무엇을 소유하고 있는지가 아니다. 소유하지 않은 만큼 자유롭다.

서평을 한다

바다에 들어간다. 파도를 탄다. 다시 들어간다. 또 파도를 탄다. 파도를 타고 싶어서 파도타기를 배웠다. 큰 파도와 친해지기까지는 시간이 그리 많이 걸리지 않았다. 1개월이라는 짧은 기간이었지만 매일 바다에 들어갔다. 파도가 낮든지, 높든지 매일 파도 타는 연습을 했다. 무섭던 큰 파도가 조금은 친근해졌다. 작은 파도부터 시작했다. 작은 파도 위에서 일어서는 연습을 물 위에서 논다는 마음으로 했다. 작은 파도는 내 주변에 사람들이 없어도 무서운 마음이 안 든다. 큰 파도는 다르다. 조금 익숙해졌지만 내 주변에 사람들이 있어야 안심이 된다. 그래서, 사람들이 있는 곳으로 자리를 이동한다.

지금까지 살아오면서 큰일이 생길 때마다 나는 누군가를 찾아갔다. 힘든 이야기를 들어줄 사람을 찾았다. 내가 찾아가지 않아도 나를 생각해 주는 사람이 찾아와 주었다. 내 힘든 이야기를 들어주려고. 그냥 주변에 있어 주기만 해도 두려움이 절감된다. 하지만 내가 힘들 때마다 항상 내 곁에 있어 줄 사람은 없다. 또, 그때마다 다른 사람에게 의지할 수도 없다. 혼자 헤쳐 나가야 한다.

나는 서핑하는 동안 나에게 용기를 주는 혼잣말을 한다. 혼자 조용하게 외치는 소리라서 주변 다른 서퍼에게 들리지 않는다. 바다에 들어갈 때부터 나올 때까지 얼굴도 환한 미소를 유지한다. 1개월 동안 월 8회의 강습이 다 끝났다. 서핑 2개월째다. 강사님이 밀어줄 때는, 넘어지지 않고 일어서기만 하면 파도가 밀어주는 힘을 받아 앞으로 잘 나갔다. 강사님의 응원과 칭찬의 목소리가 없는 나 혼자만의 상황이다. 도움 없이 혼자 패들링을 하다가 파도가 밀려는 순간 일어서야 한다. 아무도 나를 바라보는 사람이 없을 텐데도 혼자 하려니 의기소침해진다. 퇴근하고 바로 이호테우 해수욕장으로 향한다. 해수욕장 앞에서 살짝 망설인다.

' 하지 말까? 아니야 해보는 거야. 수영 배울 때처럼 조금씩 하면 돼. 한 번에 다 잘하려는 마음보다 매일 조금씩 하자.' 지금 쓰고 있는 글도 그랬다. 내가 어떻게 글을 쓰지? 내가 작가가 될 수 있다고? 가능할까? 그래, 해보자. 젊었을 때부터 글을 쓰고 싶어 했잖아. 배우면서 천천히 해보는 거야. 용기를 내자. 할 수 있어.

30년 넘게 교사 생활했던 서울을 떠나 강릉에서, 포항에서, 제주도에서 기간제 교사로 지원할 때도 그랬다. 지방 교사들은 어떨까? 친한 사람이 아는 사람이 아무도 없는데 어떻게 하지? 근무 환경도 다른데 적응할 수 있을까? 그래. 해보자. 할 수 있어. 하나씩 알아가면 돼. 내가 먼저 다가가서 말을 걸면 돼. 성실하고 정직하게 일하고, 밝고 친절하게 다가가면 돼. 지금까지 해 온 것처럼 하면 돼. 할 수 있어.

수영을 처음 배우기 시작할 때도, 인디자인으로 독립 출판하겠다고 강의를 들을 때도, 학부모님들 앞에서 공개수업을 할 때도, 뇌종양 수술 후, 터질듯한 머리를 감싸면서도, 폐암 선고를 받고도, 나는 나에게 잘될 거라고 말했다.

괜찮다고, 더 좋은 일이 생길 거라고, 매일 조금씩 나아지고 있어. 한 걸음씩 걸어가면 돼.

2024년 5월 17일부터 서핑을 배우기 시작했다. 6월 30일 오늘, 바다에 처음 들어갈 때 가졌던 두려움이 사라졌다. 오늘은 센 파도였다. 오후 2시부터 서핑을 했다. 얼굴에는 환한 미소, 첨벙첨벙 가뿐한 발걸음, 진정 서퍼가 된 느낌이다. 강습을 받는 사람들이 참 많았다. 서핑을 잘하는 서퍼들도 내 주변에서 서핑했다. 나는 그 서퍼들이 하는 모습을 보고 따라 했다. 그분들이 조언도 해주었다. 발이 닿는 깊이에서 보드를 잡고 서서 파도를 보고 있다가, 파도가 오면 얼른 보드에 올라타라고 했다. 그 청년들의 말대로 몇 번을 반복 연습했다. 됐다. 나는 청년들이 대부분인 서핑 바다에서 그들과 함께 나란히 서서 파도를 탄다. 환한 미소와 가벼운 몸동작을 유지하며. 나 자신에게 늘 용기를 주는, 나를 칭찬한다.

청년의 때를 보내고 이제 60살이 넘었다. 작은 파도, 큰 파도 같은 일들이, 내 삶에 가득하다. 큰 파도 같은 일이 있을 때, 찾아와 준 사람들이 고맙다. 내가 찾을 때, 받아 준 사람들에게 감사하다. 혼자 감당할 힘도 길러가는 내가 기특하다. 앞으로 남은 인생길에도 몇 가지 큰 파도를 만날 것이다. 그때, 지켜야 할 마음을 꽉 붙잡고서 파도 타듯이 부드럽게 헤쳐 나가야겠다. 피하지도, 정면으로 부딪치지도 않고, 큰 파도를 기다리듯이 여유 있게 헤쳐 나가야겠다.

감사의 글

　내가 쓴 글을 책으로 만드는 일은 나에게 놀라운 일이다. 폐암 수술 후, 세상으로부터 버림받은 느낌이 들었을 때 나는 일기를 썼다. 일기는 위로자 역할을 했다. 그 일기를 모아 책으로 정리하고 싶었다. 온라인 글쓰기 강의 카페를 통해 7일에 한 번씩 내가 쓴 글을 지도받았다. 그 글들로 브런치 스토리 작가가 되었다. 그곳에 올린 글들로 이 책을 썼다. 아홉프레스 작가님의 지도로 독립출판 공부를 했다. 나에게 글쓰기는 인생 목표가 됐다. 집중할 일이 생긴 것이다. 매일 의욕이 생긴다. 하루하루 살아낸 일을 글로 썼다. 무작정 썼다. 아픈 마음, 슬픈 마음을 털어놓았다. 소망, 기쁨을 썼다. 외로운 마음을 위로했다. 글쓰기는 내 친구가 되었다. 글을 쓰는 시간은 내가 어떻게 살아가야 할지 생각하는 시간이 된다. 아무도 나에게 관심이 없는 것 같은 때에, 든든한 지원자가 된다. 인생 고난은 누구에게나 언제든 올 수 있다. 나에게 폐암은 내가 60살이 되기 전에 인생 방향을 완전히 바꾸었다. 두렵던 암이 친구가 되었다. 암은 내 생활을 완전히 바꾸었다. 남은 인생의 소중함을 알게 했다. 꿈을 이루고 싶은 갈망을 채워주었다. 도전할 힘도 주었다. 그 전에 사랑하지 못했던 남편을 남은 시간 사랑해야만 하는 마음을 채워 주었다. 자녀들을 위해 기도할 수 있는 생명을 주었다. 암은 내 친구다. 내가 멋진 인생길로 방향을 트는 기회를 주었기 때문이다. 암은 나를 강릉, 포항, 제주도에서 살게 했다. 아름다운 자연을 맘껏 누릴 수 있는 곳들이다. 새롭게 아는 사람들을 만나 같이 일하는 힘도 기른다. 강릉, 포항, 제주도에서 기간제 교사로 근무하는 특별한 경험을 하고 있다. 서평을 배우고, 글쓰기 공부를 하고, 산과 들을 걷는다. 암이 나에게 준 가장 큰 선물은 죽음을 준비하는 마음이다. 자연, 아이들, 자녀, 남편, 형제들, 이웃들, 친구, 내가 속한 공동체를 생각할 때, 따스한 마음을 품는 힘이 생긴다. 죽음이 가꾸는 삶이다. 그 삶을 살도록 힘이 되어 준 자녀. 글을 쓰고 책으로 편집하도록 용기를 준 딸과 아들이 가장 큰 힘이 되어 주었다. 고맙고도 사랑스러울 뿐이다. 이제는 예전과는 달라진 모습으로, 가족을 존중해 주는 남편이 고맙다. 내가 힘들 때 위로와 격려로 힘을 준 형제들, 친구들, 믿음의 사람들이 고맙다. 그리고, 추천사를 통해 응원해 주신 분들께 깊은 감사를 드린다. 혼자일 때, 혼자가 아님을 보여주신 길이요, 진리요, 생명이신 예수님. 감사합니다.

2024년 월.
제주도 이호에서 차상수.

추천하는 글 1

우리 차상수 집사님은 인생의 길을 전력질주하면서 미처 깨닫지 못했던 것을, 의도하지 않은 돌부리에 채여 넘어지면서 알게 되었던 것들로 풀어서, 도란 도란 꽃에게 이야기해주듯이 우리에게 속삭이고 있습니다. 보통의 사람이 넘어졌다면, 의도치 않은 불행과 초대하지 않은 고통으로 인해 누군가를 원망하고 살겠지만, 가녀려 보이지만 질긴, 깨지기 쉬워 보이지만 단단한 삶의 소중한 모습으로 우리에게 "짐은 덜어내고 꿈을 쌓아가라"고 말하고 있습니다" 어렵지 않게 풀어내는 삶의 소소한 이야기들 속에, 진하게 느껴온 경험을 물들여, 글을 읽는 사람들에게 조그만 용기로 삶을 시작하도록 살짝 옆구리를 찔러줍니다. 집사님께서 새롭게 찾아가는 삶의 여정은 우리에게도 빛이 되어 저녁 안개 어두운 거리의 발밑을 비춰줍니다. 저는 책을 읽으며 웃다가, 또 슬퍼하는 감정의 씨줄과 날줄이, 의도치 않은 돌부리를 만난 사람들에게도 힘을 내게 해주는 착한 글임을 발견하게 되었습니다. 특별히 감사로 채우는 욕심의 자리에서 두려움이 떠난다는 말은 오늘 우리가 어떻게 살아야 하는지 알게 해줍니다. 아직도 도전해야 할 일이 있고, 아직도 갈 길이 남아 있는 분들에게 이 책을 읽어보라고 권하고 싶습니다. 분명 무거운 지게를 지고 가는 인생에 지팡이가 되어 줄 것입니다.

서울등촌제일교회 이병현 목사님

추천하는 글 2

모든 인생은 녹록하지 않다. 복잡한 인간관계부터 시작해서 크고 작은 사건 사고, 그리고 불현듯이 찾아오는 건강 문제. 쉬운 것이 없다. 게다가 한 번도 가보지 않은 길이다. 누구나 불안하고 긴장하고 때로는 지치고 절망한다. 그런데 이 책을 읽으면, 왠지 자신이 생긴다. 어떤 일이 닥쳐오더라고 너끈히 걸어갈 수 있을 것 같다. 솔직함의 힘 때문일까? 저자는 본인이 겪어낸 엄청난 일들을 가감 없이 정직하게 적었다. 짐은 덜어내고 꿈은 쌓아간다. 그녀는 이렇게 말한다. 인생의 짐은 누구에게나 있다. 스스로 진 짐도 있고, 남이 지워준 것도 있다. 뭐가 됐든 너무 과도한 짐은 우리를 쓰러지게 한다. 그런데 그렇게 쓰러졌을 때 비로소 보인다. 자신의 현실이. 저자는 폐암 선고를 받고 수술했을 때가 그랬던 것 같다. 좋은 교사가 되고, 남들에게 인정받기 위해 몸이 부서져라 뛰어다니고, 그것도 모자라 주말에는 교회와 선교단체에서 봉사활동을 하고, 또 수많은 인간관계 속에서 착한 사람이라는 말을 듣기 위해 자신의 모든 것을 쏟아부었다. 세월이 갈수록 그렇게 짐은 무거워져만 갔고, 마침내 쓰러졌다. 그리고 그때 비로소 짐을 벗을 수 있게 되었다. 비로소 자기 자신을 발견할 수 있게 되었다. 그래서 그는 암이 선물이라고 한다.

'무언가 하지 않아도 나 자신, 그 모습 그대로 소중한 존재였다. 누구에게 인정받지 않아도 나는 나임을 알았다.'

아마도 그녀가 자기 자신이 되지 못하게 하는 가장 강력한 존재는 남편이었던 것 같다. 그리고 폐암이 흡연을 하는 남편으로부터 거리를 둘 기회가 되었다. 그런데 이 거리는 더 가까워지려는 몸부림이다. '하지만 내 꿈은 남편과 알콩달콩 사는 것이다. 어쩌면 나의 강한 자기애로 인하여 남편의 상황을 이해하는 힘이 부족했었다는 생각도 한다.' 같이 살아도 너무나 멀었던 부부가 서로 건강한 자아가 되어 좋은 관계가 되려는 노력이다.

그녀는 이미 많은 것을 해냈다. 항상 누군가를 의지하던 생활에서 독립했다. 남의 시선에서 자유로워졌다. 인정욕구에서도 벗어났다. 잘하려는 욕심도 습관화된 두려움도 버렸다. '이제는 내 힘을 아무 곳에나 낭비하지 않는다. 눈치를 살피며 두려워하는 감정에 소비하지 않는다. 이제 나는 두려움으로부터 당당하다.' 이렇게 되기까지 힘이 되어 준 다정한 딸과 아들 그리고 이웃들에 대한 감사도 잊지 않았다. 우리는 건강하게 독립되는 것도 중요하지만, 더불어 살아가는 존재이다. 이제 그녀는 살아간다. 진정한 자기의 삶, 자기의 인생을. 짐을 지고서가 아니라 꿈을 꾸면서.

더 따뜻해진 마음, 더 환해진 얼굴, 더 빛나는 눈동자, 더 건강해진 그녀의 모습이 보이는 듯하여, 덩달아 기분이 좋아진다. 그녀의 삶이 6월의 야자수처럼, 이호테후 해변처럼 푸르고 아름답기를 기대한다. 이 책을 읽는 모든 분들도.

'나는 나에게 주어진 삶을 하나씩 내 것으로 당당하게 찾아간다.'
'하루하루의 삶을 설렘으로 살아가고 있다. 모든 것이 다 감사하다.'
'우리 가족은 회복되어 가고 있다.'
'매일매일의 삶이 기적이다.'

김이화 (포항 푸른마을 교회 목사님)

추천하는 글 3

차선생님과의 만남은 그리 오래 되지 않았지만, 그녀의 따뜻한 마음, 순수한 마음은 언제 만나도 느낄 수 있다. 차선생님과 나는 제주에서 만난 같은 기간제 교사로서, 서로 공감하고 위로하며 지내는 좋은 친구가 되었다. 그녀는 외유내강의 모습을 보여준다. 부드러운 말씨와 분위기지만 이야기를 나누다 보면 그녀의 마음은 열정과 사랑이 넘친다. 아픔을 지나오며 더욱 건강하고 성숙해진 단단한 모습이 존경스럽게 느껴지기도 한다. 그녀는 인생의 새로운 반전을 쓰고 있다. 자신의 스토리로 여러 사람에게 용기를 주고, 자신감 있게 살아가는 모습이 보기 좋다. 멋지게 키운 아들, 딸과 더불어 인생의 아름다움을 가꿀 줄 알고 하고자 하는 꿈을 하나씩 채우고 있는 그녀에게 박수를 보낸다. 앞으로 더 건강하고 멋진 삶이 그녀 앞에 펼쳐지리라 믿는다. 그리고 희망하는 모든 꿈이 이루어지도록 응원한다.

양미희(초등학교 선생님)

추천하는 글 4

확고한 교육철학과 넘치는 열정을 지닌 교사다. 차스탈로찌라고 불릴 만큼 실천적 사랑으로 학생과 학부모의 존경을 받아왔다. 학생 중심의 독특한 학급 교육 과정 운영을 꾸준히 실천해 온 서울시 모범 교사상을 수상한 교사다. 남달랐던 가정, 뇌종양, 폐암으로 힘들었던 삶을, 학생들에게 교육한 철학대로 실천하며 극복했다. 강릉, 포항, 제주도로 이어진 기간제 교사 생활, 교단에서 학생들에게 외친대로 살았다. 힘든 삶을 자랑스러운 삶으로 바꿔 버렸다. 아들을 교사로, 딸을 미국 아이비리그 대학원까지 보낸 부러움을 사는 강하고 대단한 엄마이기도 하다.

황연규(전 서울가양초등학교 교장선생님)

죽음이 가꾼 삶

초판 1쇄 발행 2024년 8월 19일
초판 1쇄 인쇄 2024년 8월 19일

지은이   차상수

디자인   포레스트 웨일
펴낸이   포레스트 웨일
펴낸곳   포레스트 웨일
출판등록   제2021 - 000014 호
주소   충남 아산시 아산로 103-17
전자우편   forestwhalepublish@naver.com

종이책   979-11-93963-29-6

ⓒ 포레스트 웨일 | 2024
· 이 책은 저작권법에 의하여 보호받는 저작물이므로 무단 전재와 복제를 금합니다.
· 이 책 내용의 전부 또는 일부를 이용하려면 사전에 저작권자와 포레스트 웨일의 서면 동의를
  얻어야 합니다.

작가님들과 함께 성장하는 출판사
포레스트 웨일입니다.
작가님들의 소중한 원고를 받고 있습니다.
forestwhalepublish@naver.com